Das verdrehte Leben der Amélie

India Desjardins

Das verdrehte Leben der Amélie

Beste Freundinnen

Aus dem Französischen übertragen
von Maren Illinger

KOSMOS

Umschlagillustration: Carolin Liepins, München
Umschlaggestaltung: init.büro für gestaltung, Bielefeld
Innenillustrationen: Josée Tellier

Titel der französischen Originalausgabe:
Le journal d'Aurélie Laflamme, Extraterrestre … ou presque!

»Beste Freundinnen« ist der 1. Band der Reihe
»Das verdrehte Leben der Amélie«

MIX
Papier aus verantwortungsvollen Quellen
FSC® C014138

Gedruckt auf chlorfrei gebleichtem Papier

ISBN 978-3-440-15268-3
Redaktion: Claudia Steinke
Layout und Satz: DOPPELPUNKT, Stuttgart
Produktion: Verena Schmynec
Druck und Bindung: Finidr, s.r.o., Český Těšin
Printed in the Czech Republic / Imprimé en République tchèque

Für Sybil, ohne die ich mich oft ganz schön
einsam im Universum gefühlt hätte ...
Du wirst immer da sein.

September

Das Ende der Welt

Dienstag, 13. September

Ich bin ganz allein im Universum. Niemand versteht mich – außer vielleicht meine beste Freundin Kat. Aber seit wir uns wegen einer blöden Kleinigkeit verkracht haben, reden wir nicht mehr miteinander.
Natürlich gibt es noch meine Mutter (sie ist unten in der Küche und macht Spaghetti Bolognese und es riecht superlecker). Aber mit ihr kann man einfach nicht über alles reden, und manchmal geht sie mir ganz schön auf die Nerven. Wie gerade jetzt.
Heute ist mir in der Schule im Matheunterricht ein frecher Spruch rausgerutscht. Eigentlich keine große Sache. Echt nicht! Aber meine Mathelehrerin hat sich bei unserem Direktor beschwert, und der hat sich bei meiner Mutter beschwert, und jetzt kriege ich Fernsehverbot. Ich persönlich finde ja, dass man mit vierzehn zu alt für so einen Quatsch ist. Es müsste ein Gesetz geben, dass Eltern ihre Kinder ab, sagen wir mal, elf Jahren nicht mehr mit solchen unnötigen Verboten belästigen dürfen. Denn so was ist doch Mist!
Jetzt verpasse ich heute Abend die neue Folge meiner Lieblingsserie *One Tree Hill*. Und die Wiederholung, die diese Woche läuft, auch. Ich darf sie noch nicht mal aufnehmen! Meine Mutter meinte, zur Not könne ich sie

mir ja nächstes Jahr auf DVD anschauen. *Nächstes Jahr*! ... das ist ja noch ewig hin! Gut, auf DVD hat man die Originalstimmen der Schauspieler. Was mir aber nichts bringt, denn mein Englisch ist nicht gerade berauschend. So etwa klingt es, wenn ich *The Anthem* von Good Charlotte singe: »*You-hu! Nowa, nowa, just like you ... nananananana, this is the anthem. Wasa wasa wa You-hu ... Dewon nana you!*« Völliger Blödsinn natürlich.
Aber echt mal, das Fernsehverbot ist doch total übertrieben! Nur weil ich mir einen winzigen Scherz mit unserer Mathelehrerin erlaubt habe, die seit Beginn des Jahres wirklich zum Kotzen ist. Immer mies drauf! Die ganze Zeit! Kaum sind wir im Klassenzimmer, da schreit sie uns schon an, dass wir niemals irgendwas kapieren werden, wenn wir uns nicht an ihre Ar-beits-me-tho-de halten.

Ihre Arbeitsmethode:
Madame Gagnon, unsere Mathelehrerin, unterrichtet ihr Fach, indem sie uns vorschreibt, welches Wort wir mit welcher Farbe unterstreichen sollen. Zum Beispiel: »Das Volumen eines Körpers ist die Größe des Raums – ›Größe des Raums‹ doppelt grün unterstreichen – die dieser Körper einnimmt. Absatz, zwei Zentimeter frei lassen.«
Heute hat sie geschrien: »IHR MÜSST EUCH AN DIE AR-BEITS-ME-THO-DE HALTEN, SONST IST DER DAMPFER FÜR DIE MITTLERE REIFE ABGEFAHREN!«
Darauf ich: »Dann nehmen wir halt den Zug.«

Ein paar Leute haben zaghaft gelacht. Sie hat drohend gefragt: »Findet ihr das etwa komisch?« Woraufhin sich großes, oder vielmehr RIESIGES Unbehagen ausbreitete (»RIESIGES« doppelt rot unterstreichen!). Und dann hat sie mich zum Direktor geschickt.
Das war mir wirklich wahnsinnig peinlich. Denn immer, wenn ich zu Monsieur Beaulieu (dem Direktor) ins Büro muss, weil ich was angestellt habe, bringe ich keinen Satz zu Ende, ohne zu heulen.
Ungefähr so:
Monsieur Beaulieu: »Warum bist du hier?«
Ich: »Weil ich was gesagt habe, das i-hi-hich ...« (Der Rest des Satzes ist unverständlich, aufgrund von Schluchzern, verschluckten Wörtern, Schniefen usw.)
Wie gesagt, superpeinlich!
Ich bin also zu Monsieur Beaulieu ins Büro gegangen. Trotz meines Schluchzens hat er es geschafft, meinen Witz zu verstehen. (Ich hatte sogar den Eindruck, dass er schmunzeln musste. Keine Ahnung, ob das an meinem Geheule lag oder an meinem Witz.) Er hat meine Mutter angerufen, und die hat daraufhin beschlossen, dass ich heute nicht *One Tree Hill* gucken darf. Total gemein!
Wenn sie mir zur Strafe das Abendessen gestrichen hätte, wäre ich zwar halb verhungert, aber das wäre trotzdem weniger märtyrerhaft gewesen. Ja, genau das ist es: Ich bin eine Märtyrerin!!! Gut, das ist jetzt vielleicht etwas übertrieben. Aber auf jeden Fall kann meine Mutter knallhart sein. Sie hat zum Beispiel einen Putzfimmel, und hat mich sogar schon mal gezwungen, Seife zu essen!

Na ja, eigentlich war es ein Versehen: Sie hat die Schokosoßenflasche mit der Spülmittelflasche verwechselt (keine Ahnung, wie sie das geschafft hat). Hinterher haben wir uns kaputtgelacht. Aus Rache habe ich sie gezwungen, selbst einen Löffel zu probieren. Sie hat so getan, als wäre es total lecker.

17:19
Meine Mutter ruft mich zum Essen.
Ich habe einen Bärenhunger. Eigentlich bin ich jetzt doch ganz froh, dass sie mir nicht das Abendessen gestrichen hat ...

20:34
Meine Mutter konnte sich an die Geschichte mit der Schokosoßen-Spülmittelflaschen-Verwechslung nicht erinnern. Na, toll! Das ist eine meiner prägendsten Kindheitserinnerungen, und sie erinnert sich nicht mehr daran! Spülmittel zu essen – das vergisst man doch nicht einfach so! Aber dann dachte ich mir, wenn sie so ein schlechtes Gedächtnis hat, erinnert sie sich vielleicht auch nicht an das Fernsehverbot. Also habe ich einfach mal rechtzeitig zu *One Tree Hill* den Fernseher eingeschaltet, aber sie konnte sich sehr wohl erinnern (Grrr!). Die Erinnerungslücken meiner Mutter funktionieren leider nicht gerade zu meinem Vorteil.

21:00
Ich bin in meinem Zimmer und überlege, was ich tun

soll. Ich habe ein paar dringende unerfüllte Wünsche und suche schon seit ein paar Minuten den Himmel nach einer Sternschnuppe ab. Ich entdecke aber keine und habe nicht wirklich Lust, bis morgen früh hier zu hocken. Nach meinen Kenntnissen im Bereich Wunscherfüllung kann ich jetzt nur noch warten, dass mir eine Wimper ausfällt. Aber da ich jetzt schon eine Ewigkeit blinzele, ohne dass was passiert, bleibt mir wohl nichts anderes übrig, als ... Gott?!

Lieber Gott,
– oder wie auch immer dein richtiger Name lautet. Wir haben dich in der Schule durchgenommen, aber auch andere Religionen, und ich möchte dich nicht beleidigen, falls du nicht der Religion angehörst, die ich dir zuschreibe –
ich melde mich nicht gerade oft bei dir ... das liegt daran, dass ich nicht wirklich eine praktizierende Christin bin. Aber heute Abend brauche ich dringend einen Spezialisten im Wünscheerfüllen, und du bist der Einzige, der mir einfällt. Wie läuft das? Muss man sich erst vorstellen, wenn man zu dir betet? Ich stelle mir das ziemlich kompliziert vor, jede Menge Anfragen zu bekommen, ohne zu wissen, von wem. Da weißt du wahrscheinlich gar nicht, wo du deine »Wunder« vollbringen sollst. Kannst du denn überhaupt noch Wunder bewirken? Hast du mehr zu bieten als zum Beispiel Wasser in Wein zu verwandeln? Ich meine, heutzutage gibt es Zauberer, die echt beeindruckende Sachen draufhaben. O.k., es ist ja bekannt, dass das Tricks sind und keine »Wunder«. Aber was dich angeht, ist das nicht so eindeutig, schließlich wurden deine

Tricks nie enthüllt. Übrigens finde ich, wenn ich das mal so sagen darf, dass du ein bisschen an Glaubwürdigkeit verloren hast, seit man weiß, dass nicht du das Universum erschaffen hast, sondern der Urknall. Ähm ... bist du jetzt beleidigt? Ich will es mir nicht mit dir verscherzen, weil ich wirklich einige Anliegen habe. Tja, du siehst schon, ich liege öfter mal daneben. Wahrscheinlich, weil ich zu viel rede ... aber zurück zum Thema.

Also, falls ich mich vorstellen soll: Ich heiße Amélie Laflamme. (Ich bin übrigens nicht getauft, aber ich hoffe, ich darf mich trotzdem an dich wenden?)

1) *Bitte mach, dass heute Abend in der* One-Tree-Hill-*Folge nicht so wahnsinnig viel passiert, damit ich nicht den Anschluss verpasse. (Na gut, die Erfüllung dieser Bitte ist quasi eine freiwillige Zusatzaufgabe, die stelle ich nur zum Aufwärmen.)*
2) *Könnte ich mich bitte wieder mit meiner Freundin Katryne vertragen? Wir haben uns neulich gestritten, und das tut mir wirklich leid, dabei ging es nur um eine Kleinigkeit. Sie fehlt mir so!*
3) *Wenn meine Mutter mehr verdienen und dafür weniger arbeiten könnte, wäre das echt cool!*
4) *Ach ja, und wenn du dafür sorgen könntest, dass Schokokekse gesund sind und schlank machen, wäre das super! Dann würde mir meine Mutter nicht nur drei Kekse pro Mahlzeit erlauben und ich müsste den Rest nicht heimlich essen.*
5) *Und außerdem, wenn das geht, sag bitte meinem Vater, dass er mir fehlt und dass ich ihn lieb habe ...*

21:12

Meine Mutter ist zu mir ins Zimmer gekommen und hat mich beim Weinen erwischt. Sie meinte, sie hätte nicht gedacht, dass mir *One Tree Hill* so wichtig sei. Dann hat sie mir verraten, dass sie die Folge für mich aufgenommen hat und mir die DVD gezeigt! Ich habe gar nicht deswegen geweint, aber ich wollte nicht mit ihr über meinen Vater reden, weil sie dann nur traurig geworden wäre. Sie spricht nicht gerne über ihn.

Außerdem hat sie mir gestanden, dass sie meinen Witz von heute Morgen ziemlich lustig fand! Das hat sie auch Monsieur Beaulieu gesagt, dem es anscheinend genauso ging. Er will meine Mutter trotzdem treffen. Aber sie hat mir versprochen, mich zu verteidigen. Sie meinte: »Es ist ja nicht so, als hättest du was verbrochen!«

Ich habe mir erst die DVD geschnappt und dann meine Mutter ganz fest in den Arm genommen. Dabei war allerdings die DVD-Hülle im Weg, weshalb sich meine Mutter mit einem »Autsch!« schnell wieder aus meiner Umarmung befreit hat.

Bevor sie aus meinem Zimmer gegangen ist, hat sie noch gesagt, sie könne sich dunkel an die Geschichte mit dem Spülmittel erinnern!

Donnerstag, 15. September

Ich gehe auf eine Mädchenschule. Wenn ich auf eine gemischte Schule ginge, hätte ich vielleicht mehr Freunde, weil ich dann auch mit Jungs befreundet sein könnte. Aber so – keine Chance!

Warum ich auf eine Mädchenschule gehe:
In der sechsten Klasse hatte ich eine Freundin namens Rosalie. Wir waren sozusagen »beste Freundinnen«. Aber dann passierte etwas, das unsere Freundschaft ziemlich schnell beendete, nur konnte ich das ja nicht ahnen, also hielt ich sie für meine beste Freundin.
Folgendes ist jedenfalls passiert: Ich hing immer mit Rosalie rum. Dann kam sie mit einem Typen zusammen, der schon vierzehn war: William Dorion. (Ich bin jetzt vierzehn und elfjährige Jungs interessieren mich absolut nicht! Also andersrum betrachtet, aus der Perspektive von William Dorion ... echt komisch!)
Rosalie war superstolz, mit einem Vierzehnjährigen zusammen zu sein (der übrigens sitzen geblieben und erst in der achten Klasse war, nicht wie ich jetzt in der neunten). Sie hat überall damit angegeben. Eines Tages hat sie mir William dann vorgestellt. Und der hat sich in mich verknallt!!! Keine Ahnung warum – ich habe echt

nichts getan, damit es dazu kam! Ich fand ihn sogar ziemlich blöd. (Aber zugegeben, ich war schon ziemlich geschmeichelt, dass ein Vierzehnjähriger auf mich stand.) Er hat mich einfach angebaggert, VOR ROSALIE!
Mein Moralgefühl war damals offenbar noch nicht sehr ausgeprägt. Anstatt mich meiner besten Freundin gegenüber solidarisch zu verhalten, entschloss ich mich, mit William zu gehen. Rosalie war natürlich total sauer. Um es kurz zu machen: Ich war eine Woche mit William zusammen. Ich habe damals noch mit Barbies gespielt (ja, ich weiß, mit elf ist man eigentlich zu alt für Barbies, aber ich konnte nicht anders – meine *Bluehair-Barbie* habe ich einfach geliebt, die fand ich so rebellisch), und William machte sich über mich lustig (irgendwie zu Recht). Übrigens wäre es echt praktisch, wenn auf der Barbie-Verpackung das Alter angegeben wäre, in dem man offiziell aufhören muss, mit Barbies zu spielen, um nicht als »kindisch« zu gelten. Dabei fand ich es mit elf viel besser, mit Barbies zu spielen als mit sechs. Ich dachte mir richtig spannende Geschichten aus, und im Hintergrund ließ ich Musik laufen. Das war echt, wie selbst einen Film zu drehen! Schade, dass ich vom Rest der elfjährigen Bevölkerung total verkannt wurde.
Um auf William zurückzukommen: Nachdem unsere Beziehung ganze sechs Tage währte, wollte er mit mir knutschen. Mit Zunge! Das Problem war, dass William ZIEMLICH Mundgeruch hatte! Ich hatte zwar noch nie geknutscht, aber ich wusste ganz genau, worum es dabei ging, nämlich darum, die Zungen zu verknoten. Wegen Wil-

liams Mundgeruch stellte ich mir einen Zungenkuss mit ihm (und seiner Spucke) ziemlich eklig vor. Also erwiderte ich, ich hätte nichts dagegen, aber er solle sich die Zähne putzen. Unser damaliges Gespräch:
Er: »Komm, wir knutschen!«
Ich: »Ich weiß nicht ...«
Er: »Komm schon!!! Ich sag's auch nicht weiter!«
Ich: »Na gut ... o.k. Aber ich will, dass du dir die Zähne putzt.«
Er: »Häh?!?!!!! Wo ist denn da der Zusammenhang?!!?!!!«
(Satzzeichen so, wie im echten Leben gefühlt.)
Ich wollte ihn nicht beleidigen und sagte ihm also nicht, dass er Mundgeruch hatte. Daraufhin machte er den Abgang. Einige Tage später zeigten in der Pause ein paar Leute auf mich, tuschelten und lachten. Rosalie war bei ihnen. Ich fragte sie, was los sei, und sie sagten, zwischen Zungenküssen und Zähneputzen gebe es ja wohl absolut keinen Zusammenhang!
Ich antwortete:
»Natürlich gibt es da einen Zusammenhang, wenn der andere nämlich Mundgeruch hat!«
Ehrlich gesagt, das *hätte* ich gerne geantwortet, aber in dem Moment bin ich nicht darauf gekommen. Diese Antwort ist mir erst Stunden später eingefallen. Warum ist das bloß so? Wenn mich jemand ärgert, finde ich *nie* sofort die passende schlagfertige Antwort! Warum muss die Antwort fünf Stunden später kommen, kurz vorm Einschlafen? Ich kann mich ja schlecht am nächsten Tag hinstellen und den schlagfertigen Satz sagen, den mein

Gehirn verspätet produziert hat. Das wäre dann megaseltsam und die Leute würden mich angucken, als wollten sie sagen: »Und wo ist *da* jetzt der Zusammenhang?«
Seit diesem Vorfall war Rosalie jedenfalls nicht mehr meine beste Freundin. Ich bereute es wahnsinnig, dass ich mich mit William eingelassen hatte. Die ganze Schule lachte über mich wegen der Zähneputzen-Zungenkuss-Affäre, bei der niemand einen Zusammenhang zu erkennen schien. (Es wundert mich wirklich, dass niemandem aufgefallen ist, wie sehr William aus dem Mund stinkt!)
Die ganze Episode hat nicht sehr lange gedauert. Aber mir hat's gereicht!
Also habe ich mich, als der Schulwechsel anstand, für eine private Mädchenschule entschieden.

Meine Gründe:

1) Jungs gehen mir total auf die Nerven.
2) Wenn ich nur von Mädchen umgeben bin, gibt es keine Probleme mit Jungs.
3) Auf der Privatschule muss man eine Schuluniform tragen, was eine enorme Zeitersparnis bedeutet (ich habe zwar nicht gerade viele Klamotten, aber mir morgens was zum Anziehen auszusuchen ist trotz meiner beschränkten Klamottenauswahl ein ewig langes und schwieriges Unterfangen). Außerdem hatte ich keine Lust auf blöde Kommentare über mein Outfit. Die hatten mir schon in der Grundschule den Schlaf geraubt.

Die Gründe, die ich meiner Mutter nannte:

1) Der Unterricht an einer Privatschule wäre besser.
2) Mein Vater hätte gewollt, dass meine Mutter mir mit seinem Geld eine gute Schulbildung finanziert (na ja, das stimmt zwar, aber mit dem Argument wollte ich vor allem den wunden Punkt meiner Mutter treffen. Was echt nicht ganz fair war ... aber ich brauchte dringend ein neues Leben!).

Mittlerweile bin ich seit drei Jahren auf der Privatschule und ich bereue meine Wahl nicht. Außerdem habe ich dort Katryne kennengelernt, die meine *wirklich* beste Freundin geworden ist (auch wenn aktuell leider Funkstille zwischen uns herrscht, und zwar seit fünf Tagen, vier Stunden und zehn Sekunden).

Donnerstag, 22. September

Der blanke Horror!!! Meine Mutter hat sich heute mit unserem Direktor getroffen. Er hat gesagt, er finde mich »speziell«. Meine Mutter hat seine Worte wiederholt, bevor sie erklärte, sie finde unseren Direktor – und wir reden hier von Monsieur Beaulieu! – sehr »charmant«. Sie hat »charmant« auf eine ganz besondere Weise ausgesprochen. Mit einer winzigen Bedenkzeit, in der ihre Augen einen kleinen Hüpfer zur Seite machten, dann wieder auf ihren Platz wanderten, sie das passende Wort fand und es ein bisschen sanfter aussprach als den Rest des Satzes. Noch dazu mit einem kleinen Lächeln im Mundwinkel! Oh Gott! Wenn meine Mutter sich in Monsieur Beaulieu verknallt hat, bin ich er-le-digt!

Aber noch mal zurück zu dem »Blablabla ... speziell«. Was geht Sie das denn an, Herr Direktor-den-meine-Mutter-»charmant«-findet!

Oh Mann! Wenn ich mich nicht mit Kat zerstritten hätte, würde ich sie sofort anrufen. Wir würden die Situation ganz in Ruhe analysieren und ich würde nicht den Kopf verlieren vor lauter Panik, unser Direktor könnte der neue Freund meiner Mutter werden und demnächst bei uns einziehen!

Meine Mutter: »... und er findet, du könntest dich stärker am Unterricht beteiligen.«

Ich: »Was?«

Ich hatte ihre letzten Worte nicht mehr gehört, weil ich so mit der Vorstellung beschäftigt war, wie mein Leben aussehen würde, wenn meine Mutter und Monsieur Beaulieu heirateten.

Meine Mutter: »Denis ... Monsieur Beaulieu meint, du könntest viel bessere Noten haben, wenn du dich nur ein bisschen mehr anstrengen würdest.«

Ich: »Was? Das hat er gesagt?«

Meine Mutter: »Mach dir keine Sorgen, das Schuljahr

hat gerade erst angefangen. Du hast noch genug Zeit, um aufzuholen!«

Ich habe mir diese Schule zwar ausgesucht, aber ich hätte nicht erwartet, dass der Direktor mich »speziell« findet und ich mich im Unterricht mehr anstrengen muss. Mir ging es nur darum, mich nie wieder mit meiner besten Freundin zu verkrachen. Und jetzt ist es trotzdem passiert!

20:30
Ich finde mein Leben maximal stressig.

21:00
Ich muss einen Plan machen, wie ich die Schule wechseln kann.

21:02
Vor allem, wenn meine Mutter auf unseren Direktor steht!

21:36
Plan A: Ich sage meiner Mutter, dass Monsieur Beaulieu eine schlimme Hautkrankheit hat und unter seinen Klamotten wie ein Leprakranker aussieht.

21:37
Igitt!!!!!!!!!!!!!! Jetzt habe ich Gänsehaut, weil ich mir vorgestellt habe, wie Monsieur Beaulieu … Bääääääääääh! Mir ist schlecht!

22:00
Ich kann nicht einschlafen. Keinen Plan, wie ich meine Mutter daran hindern kann, was mit unserem Direktor anzufangen.

Freitag, 23. September

Kat ist mir in der Schule über den Weg gelaufen und wir haben nicht miteinander geredet. Also habe ich beschlossen, die Mittagspause auf dem Klo zu verbringen, damit niemand mitbekommt, wie ich allein in der Schulkantine esse.
Kat ist zwar nicht die Einzige, mit der ich mich gut verstehe, aber die Einzige, mit der ich zusammen mittagessen kann.
Offiziell gibt es keine Sitzordnung, aber am Anfang des Schuljahres schnappt sich jede Clique einen Tisch und der gehört ihr dann für den Rest des Jahres. So ist es seit der siebten Klasse.
Und da ich seit der siebten Klasse mit Kat zusammen esse, kann ich mich jetzt nicht einfach so bei einer anderen Clique an den Tisch setzen. Die würden mich anstarren wie eine Außerirdische (die ich vermutlich auch bin,

angesichts meiner Anpassungsschwierigkeiten auf diesem Planeten ...).

Meine Freundschaft mit Katryne begann bei der Aufnahmeprüfung für die Schule. Kat hatte einen Pferdeschwanz, der von einer Seite zur anderen hüpfte, wenn sie lief. Dieses Phänomen findet man echt nur bei Kat. Wenn sich beispielsweise Nadine aus meinem Französischkurs einen Pferdeschwanz macht, bewegt sich kein einziges Haar. Vielleicht ist das eine Frage der Haltung – oder des Haarsprays!

Während der Prüfung habe ich bei einer Frage gezögert. Kat (die ich zu dem Zeitpunkt noch nicht kannte) hat es gemerkt und mir ihren Radiergummi zugesteckt. Darauf standen ganz klein jede Menge wichtiger Notizen. Darunter auch die Regel zur Bildung des Partizip Perfekt mit »haben«, die mir immer Probleme macht und die ich brauchte, um die Frage zu beantworten.

Nach der Prüfung habe ich mich bei Kat für ihre Hilfe bedankt. Sie meinte, ein paar Gedächtnisstützen auf dem Radiergummi seien ein super Trick, weil die Lehrer sowieso alle kurzsichtig seien. Sie besteht noch heute darauf, dass das kein Betrug ist. Darüber kann man sicherlich streiten. Ich fand den Trick jedenfalls genial und habe ihn immer wieder verwendet (obwohl er mir nie wieder bei einer Prüfung geholfen hat und meine Mutter viel Geld für neue Radiergummis ausgeben muss und sich fragt, warum ich sie immer »verliere«).

Von dem Moment an waren Kat und ich beste Freundin-

nen und wir haben uns geschworen, es zu bleiben – *4 ever and ever*!
Kat ist echt klasse! Sie hat vor nichts Angst! Neulich Abend haben wir auf den Bus gewartet, um vom Jugendzentrum nach Hause zu fahren. Plötzlich ist hinter uns ein gruseliger Typ aufgetaucht und hat mich angerempelt. Ich war wie erstarrt. Meine Beine sind ganz weich geworden (das passiert mir immer, wenn ich nervös werde). Aber Kat hat ihn angeschrien: »WAS WILLST DU?« Die Leute haben sich nach uns umgedreht, der Typ ist abgehauen und Kat hat mich in den Arm genommen und gefragt, ob alles in Ordnung sei. An dem Abend war ich schwer beeindruckt, wie cool sie bleibt!
Kat sagt, es sei nicht wichtig, wie beliebt man in der Schule ist. Was wirklich zählt, sei, die beste Freundin der Welt zu haben!
Leider haben wir uns gestritten – und das nur wegen eines blöden Ausrutschers!

Samstag, 10. September

der Tag, an dem ich mich mit Kat verkracht habe

16:10

Als Erstes muss ich vielleicht erklären, dass Kat ein paar Regeln aufgestellt hat, die unseren Umgang mit Jungs betreffen.

Kats Regeln:

1) Niemals, wirklich niemals erzählen, dass Kat mal Britney Spears und N'Sync gut fand.
2) Nicht zugeben, dass ich mit Barbies gespielt habe, bis ich elf war, obwohl ich in diesem Punkt zur Selbstironie fähig bin (was denn? Dazu stehe ich!).
3) Nicht ausplaudern, dass wir immer noch gerne *Arielle, die Meerjungfrau* gucken. Stattdessen betonen, wie sehr wir auf Horrorfilme stehen (obwohl wir davon Albträume kriegen!).
4) Auf keinen Fall zugeben, dass wir schon Knutschen geübt haben, und zwar mit unserem Arm. (Natürlich mit unserem *eigenen Arm*, nicht mit dem Arm der anderen. Das wäre echt eklig gewesen, und extrem peinlich, wenn Kats kleine Schwester Julianne genau in dem Moment ins Zimmer geplatzt wäre.)
5) Nichts mit einem Typen anfangen, zu dem die andere nicht ihr Okay gegeben hat oder der unsere Freundschaft kaputtmachen könnte.

Ich habe eine einzige Regel gebrochen. Im Jugendzentrum hat Kat zum Spiel *Dance Dance Revolution* getanzt (Kat ist einfach die Beste, wenn es darum geht, Tanzschritte nachzumachen, die ein Bildschirm vorgibt). Selbstverständlich hat sie aufgepasst, bloß keinen Song von Britney Spears zu nehmen, obwohl sich mehrere unter der Auswahl befinden und sie dank des Spiels *Britney Spears Dance Beat* auf ihrer Playstation 2 eine Expertin darin geworden ist.

Ein supercooler Typ ist zu uns rübergekommen und hat zu Kat gesagt: »Wow! Du bist echt die Beste!«
Darauf ich: »Und das nur dank BRITNEY SPEARS!«
Ups. Das ist mir einfach so rausgerutscht! Ich war total stolz auf Kat. Die Worte sind mir sozusagen aus dem Mund gesprudelt, weil ich bis oben hin mit Stolz angefüllt war.
Die Leute, die Kat bis dahin angefeuert hatten, sind plötzlich verstummt. Als hätte ich gesagt, dass ... keine Ahnung, als hätte ich ihnen den Krieg erklärt oder so. Ich weiß nicht, wer heute noch Britney Spears cool findet, aber fest steht, dass sich an diesem Tag keiner ihrer Fans im Jugendzentrum aufhielt.
Jedenfalls, der Typ, der Kat das Kompliment gemacht hat, war ein Mitarbeiter des Zentrums und viel älter als wir. Also kam er als *Freund* eh nicht infrage und vielleicht hatte ich aus diesem Grund die »Regeln« völlig vergessen. Aber Kat hat mir einen vernichtenden Blick zugeworfen, und seitdem redet sie nicht mehr mit mir. Ich habe mich eine Million Mal entschuldigt, aber sie schmollt immer noch. Kat ist meine beste Freundin, aber ich muss schon sagen, sie ist ganz schön nachtragend. Außerdem ist sie verdammt stolz. Wahrscheinlich findet sie meinen Ausrutscher jetzt, nachdem sie Zeit zum Nachdenken hatte, gar nicht mehr so schlimm. Sie will es nur nicht zugeben.

Zurück zu Freitag, dem 23. September

15:43
Als ich von der Schule nach Hause komme, blättere ich in der *Miss* (einer Zeitschrift für Mädchen) und beschließe, den Test zu machen »Seid ihr Freundinnen fürs Leben?«

Miss Magazin

Test: Seid ihr Freundinnen fürs Leben?
Es ist nicht immer leicht, beste Freundinnen zu sein! Aber gerade schwierige Zeiten schweißen euch nur noch fester zusammen. Mit diesem Test findest du heraus, ob eure Freundschaft von Dauer sein wird!

1. Deine beste Freundin ist zu einer extrem angesagten Party eingeladen. Du nicht. Was macht sie?
a) Sie versucht, dich ebenfalls auf die Gästeliste setzen zu lassen.
b) Sie geht ohne dich hin.
c) Sie sagt, dass sie nicht hingeht, und du erfährst zwei Monate später, dass sie doch da war.

Natürlich stimmt die erste Antwort. Kat würde nie ohne mich auf eine Party gehen.

2. Du bist traurig und vertraust dich deiner Freundin an. Wie reagiert sie?

a) Sie hört dir zu und tröstet dich.
b) Sie sagt, dass das vorübergehen wird und wechselt das Thema.
c) Sie gesteht dir, dass sie dich in letzter Zeit ziemlich weinerlich findet.

Immer wenn es einer von uns schlecht geht, futtern Kat und ich Maoam. Hinterher lachen wir uns kaputt und versuchen wie die Wahnsinnigen, das klebrige Zeug wieder von den Zähnen zu bekommen. Ich liebe Maoam!

3. Deine beste Freundin steht auf einen Typen aus deiner Schule, den auch du verehrst. Wie reagiert ihr?

a) Keine Schwärmerei kann eure Freundschaft zerstören.
b) Eure Beziehung ist etwas angespannt, aber ihr schafft es, euch zu einigen.
c) Ihr werft eine Münze. Möge die Bessere gewinnen!

Kat und ich haben einen sehr unterschiedlichen Geschmack, was Jungs angeht. Einerseits ist das von Vorteil. Ich sage »einerseits«, weil es in Anbetracht unserer Regel, dass jeder Typ von der anderen genehmigt werden muss, auch ein Nachteil sein kann, wenn die andere ihn hässlich oder bescheuert findet. Aber im Moment ist das für mich sowieso kein Thema, weil mir Jungs nur auf die Nerven gehen. Ich verstehe echt nicht, was man an ihnen finden soll. Sie stinken! (Na gut, sie stinken nicht wirklich, außer vielleicht William Dorion, aber ich habe einfach was Besseres zu tun, als ihnen hinterherzulaufen!) Und noch was: Irgendjemand müsste den Leuten bei der *Miss* mal sagen, dass kein Mensch mehr das Wort »verehren« benutzt ... das ist echt *out*!

4. Welche Dinge unternehmt ihr gemeinsam?

a) Ihr macht so gut wie ALLES zusammen.
b) Nach der Schule macht ihr oft gemeinsam eure Hausaufgaben.
c) Ihr trefft euch hauptsächlich in der Schule.

Die Antworten treffen alle zu, also schon wieder »a«. Aber ... im Augenblick trifft genau genommen gar nichts davon zu. Seit unserem Streit sehen wir uns eigentlich überhaupt nicht mehr. Ich würde sie wirklich gerne anrufen!

5. Wenn eine von euch der anderen ein Geheimnis anvertraut, was passiert?

a) Da wird man jede Menge Archäologen brauchen, um dieses Geheimnis in einer Million Jahre ans Licht zu bringen!
b) Du kannst ihr vertrauen, aber du verrätst ihr trotzdem nichts – man kann ja nie wissen.
c) Am nächsten Tag weiß es die ganze Schule!

Ganz sicher »a«! Ich finde übrigens, dass diese Tests nicht besonders raffiniert sind. Man merkt ziemlich schnell, dass man immer eine bestimmte Antwort wählen muss, um das erwünschte Ergebnis zu bekommen. Da ich scharfsinnig meine Schlussfolgerungen ziehe, war mir sofort klar, dass mich die »a«-Antworten an mein gewünschtes Ziel führen werden – nämlich zu lesen, dass Kat und ich die besten Freundinnen der Welt sind, *4 ever and ever!*

Ergebnis:
ÜBERWIEGEND »A«
FREUNDINNEN FÜRS LEBEN!
Deine beste Freundin und du seid unzertrennlich! Ihr habt vieles gemeinsam. Sie weiß, wie sie dich zum Lachen bringt und ihr habt viel Spaß miteinander. Wenn ihr euch etwas anvertraut, ist das Geheimnis nicht nur gut aufgehoben, ihr urteilt auch nicht über die andere. Diese Freundschaft ist sehr wertvoll, gebt gut auf sie acht!

Ich habe auf meine Freundschaft nicht achtgegeben. Ich habe ein Geheimnis verraten! Ich glaube, ich habe es verraten, weil ich es gar nicht so schlimm finde, dass Kat mal Britney-Spears-Fan war! Aber ich habe Kat nicht respektiert, die nicht wollte, dass es irgendjemand erfährt ...

ÜBERWIEGEND »B«
EINE GUTE FREUNDIN
Ihr seid sehr gute Freundinnen, aber ihr könntet einander ein bisschen mehr Vertrauen entgegenbringen. Wenn ihr

mehr wagt, wird sich eure Beziehung vertiefen und festigen. Freundschaft ist eine Sache, in die man Arbeit und Aufmerksamkeit investieren muss. Ihr habt noch viel Zeit, um euch gegenseitig eure Wertschätzung zu beweisen!

Nein, dieses Ergebnis hat mit Kat und mir nichts zu tun. Bis auf den Teil, dass man in Freundschaft Arbeit und Aufmerksamkeit investieren muss. Vielleicht sollte ich dieses Argument mal vorbringen?

ÜBERWIEGEND »C«
EINE GEFÄHRLICHE FREUNDIN

Bist du wirklich sicher, dass du bei diesem Test an deine Freundin gedacht hast? Wenn ein Mädchen sagt, sie sei deine Freundin, dich aber zurückweist, deine Geheimnisse ausplaudert oder hinter deinem Rücken über dich herzieht, kannst du sie nicht als eine solche betrachten. Eine wirkliche Freundin ist vertrauenswürdig und möchte, dass es dir gut geht.

Na gut, ich habe ein Mini-Geheimnis verraten. Aber ich habe es nicht wirklich verraten, es ist von ganz allein aus meinem Mund gesprudelt, weil ich so stolz auf Kat war! Ich bin keine schreckliche Freundin! Ich habe nur einen klitzekleinen Fehler gemacht!
Ich würde Kat gerne anrufen und ihr meine Antworten zum Test vorlesen. UND IHR EIN FÜR ALLE MAL SAGEN, DASS DIESE BRITNEY-SPEARS-GESCHICHTE ABSOLUT UNWICHTIG IST! WE-

NIGSTENS HABE ICH NICHT VERRATEN, DASS SIE AM GANZEN KÖRPER AKNE HAT! (Was übrigens überhaupt nicht stimmt, das habe ich mir gerade ausgedacht.)

16:32 Uhr
Ich reiße die Seite mit dem Test aus der Zeitschrift und stecke sie in meine Schultasche. Wer weiß, wozu man den noch mal brauchen kann.

Samstag, 24. September

Heute ist nichts passiert. Aber auch wirklich gar nichts! Meine Mutter und ich sind zu meiner Großmutter Laflamme gefahren und die hat Pfannkuchen für mich gemacht. Besser gesagt, meine Mutter ist zu meiner Großmutter gefahren, und ich musste mitkommen.
Glücklicherweise sind die Pfannkuchen meiner Großmutter die besten im ganzen Universum! Allerdings bin ich noch nie an die Grenzen unserer Galaxie gereist, um das zu überprüfen. Ich muss zugeben, dass mein Urteil ausschließlich auf den übrigen Pfannkuchen dieser Erde beruht. Ehrlich gesagt, nur auf den Pfannkuchen, die ich

in meinem Leben gegessen habe. Und so viele verschiedene Pfannkuchen waren das auch nicht. Nur die Pfannkuchen meiner Mutter und die, die man fertig im Supermarkt kaufen kann.
Also beruht meine Überzeugung nur auf meinem persönlichen Geschmack und meinem Gefühl. Aber ich glaube, dass mich mein Gefühl nicht täuscht, wenn ich sage, dass es die besten Pfannkuchen im ganzen Universum sind! Unmöglich, den Genuss noch zu übertreffen, den mir die traumhaft-köstlichen Pfannkuchen meiner Großmutter bereiten!!!

Die Pfannkuchen meiner Großmutter Laflamme:
Sie sind sehr dick und rundum knusprig. Innen drin sind sie weich und lecker und wenn man reinbeißt, könnte man meinen, um einen herum explodiert ein Feuerwerk! Ich habe meine Großmutter schon gefragt, was sie alles in den Teig tut, und sie hat geantwortet: »Mehl, Wasser, ein Ei, etwas »Backpulfer« und Vanillezucker, und ich backe sie mit Margarine.« Eigentlich völlig unwichtig, aber meine Großmutter sagt »Pulfer« und nicht »Pulver«. Nichts ist einfacher als »Pulver« zu sagen, aber meine Großmutter kann es nicht. Ich weiß nicht warum. Aber jedes Mal, wenn sie »Pulfer« sagt, frustriert mich das total.

Mittags
Meine Pfannkuchen-Euphorie wäre beinahe durch die Frage meiner Großmutter verdorben worden, die sie mir jedes Mal stellt, wenn wir uns sehen. »Amélie, hast du

nicht deinen kleinen Schatz mitgebracht?« (Mit einer Großmutterstimme klingt diese Frage noch schrecklicher).
Also erstens, warum sagt sie immer »*kleiner* Schatz«? Meint sie etwa, dass ich eine lange Bohnenstange bin (was stimmt), die es nicht schafft, einen Freund zu finden, der größer ist als sie (völliger Blödsinn!)? Oder ist sie der Ansicht, dass ein Teenager wie ich keine GROSSE ernsthafte Liebesgeschichte erleben kann, sondern nur eine kleine ohne Bedeutung?

Meine Großeltern Charbonneau, die Eltern meiner Mutter, haben keinen Kontakt zu meiner Großmutter Laflamme. Trotzdem stellen sie mir auch immer diese Frage. Ich habe meine Mutter gebeten, ihnen mitzuteilen, dass sie mich nicht immer darauf ansprechen sollen. Wenn ich jemals einen *Schatz* haben sollte (groß oder klein), sind *sie* bestimmt nicht diejenigen, denen ich davon erzähle. Aber meine Mutter hat gesagt, ich soll mich nicht so anstellen. Null Solidarität!

14:17

Ich sterbe vor Langeweile! Im Fernsehen lief nur ein Film, den ich schon kannte, aber selbst der war noch interessanter als das Gespräch zwischen meiner Mutter und meiner Großmutter. Also habe ich den Ton lauter gestellt, um statt ihres Dialogs den im Film hören zu können. Aber meine Mutter hat verlangt, ich solle den Fernseher leiser stellen. Sie hat gesagt, ich zitiere:

»Mach den Ton leiser! Man kann ja sein eigenes Wort nicht mehr verstehen!«
Genau das war ja auch mein Ziel.
Aber das habe ich nicht gesagt.
Also musste ich mir anstelle des Films ihr Gespräch anhören:
Großmutter: »Womit machst du denn jetzt deine Tartes, seitdem man weiß, dass man kein Bratfett nehmen soll?«
Meine Mutter: »Ich habe nicht wirklich die Zeit, um Tartes zu backen.«
Großmutter: »Sie sagen, man soll stattdessen Butter nehmen ...«
Meine Mutter: »Ach ja?«
Großmutter: »Mit Butter wird das natürlich viel teurer als mit Bratfett.«
Meine Mutter: »Du kannst deine Tartes ruhig weiter mit Bratfett machen, ich glaube nicht, dass das was ausmacht.«
Großmutter: »Du hast recht, wenn ich trotz Bratfett so alt geworden bin, kann ich es wohl auch weiterhin nehmen.«

Ich weiß echt nicht, warum meine Mutter mich zwingt, mit zu meiner Großmutter zu kommen.

1) Meine Großmutter wohnt am anderen Ende der Welt! (Eine Stunde mit dem Auto)
2) Wenn wir von ihr nach Hause kommen, rieche ich komisch. (Das stimmt wirklich, ich weiß zwar nicht warum, aber es ist so. Eine Mischung aus Zigaretten und ... jetzt hab ich's, Bratfett!)

3) Wegen des Geruchs muss ich zum zweiten Mal heute duschen. Total nervig! Ich rieche zwar gerne gut, aber ich hasse es, mir zweimal am Tag die Haare waschen zu müssen!
4) Die Gespräche meiner Mutter und meiner Großmutter gehen mir extrem auf den Wecker!

19:21

Im Auto verkünde ich meiner Mutter, dass ich in Zukunft nicht mehr mit zu meiner Großmutter kommen will. Meine Mutter erwidert, ich sei sehr gefühllos. Schließlich sei ich die einzige Person, die meine Großmutter an ihren Sohn erinnern könne. Also an meinen Vater.

19:45

Darauf entgegne ich nichts. Dieses Argument hat mir die Sprache verschlagen.

20:00

Während der Fahrt betrachte ich die Sterne am Himmel. Und frage mich, wo in dieser Unendlichkeit mein Vater wohl sein mag.

21. Januar

(und die darauffolgenden Tage), fünf Jahre zuvor

Ich weiß noch, an dem Tag, an dem ich erfuhr, dass ich meinen Vater nie wieder sehen würde, war es superkalt. Die Art Kälte, die einem bis in die Knochen kriecht. Es ging alles sehr schnell. Morgens verließ mein Vater das Haus und alles schien in Ordnung zu sein, und abends war er nicht mehr da. Tot. Lungenembolie. Er hatte nicht geraucht und war kerngesund gewesen. Die Ärzte wissen nicht, was der Grund war. Es ist einfach ... passiert.

Es tat so weh. Unglaublich weh. Ich erinnere mich nicht mal mehr, ob ich mich an diesem Tag von ihm verabschiedet hatte. Ich erinnere mich nicht, ob ich ihm oft genug »Ich hab dich lieb« gesagt hatte. Ich erinnere mich an gar nichts. Außer daran, dass mein Herz in tausend Stücke zerbrochen ist.

Damals konnte ich nicht wirklich verstehen, was passiert war. Ich war noch nie mit dem Tod in Berührung gekommen und wusste nicht, was das bedeutete. Mein Großvater Laflamme war gestorben, bevor ich auf die Welt kam. Ich hatte also immer gewusst, dass es ihn einmal gegeben hatte, und ich hätte ihn gerne gekannt, aber ich habe ihn nicht *verloren*.

Ich fragte meine Mutter, wo mein Vater jetzt sei. Darauf sagte meine Mutter – und damit ist sie vermutlich die einzige Mutter der Welt, die ihrer neunjährigen Tochter

so etwas sagt –, sie wisse es nicht. Sie fügte hinzu, es gebe verschiedene Vorstellungen, aber keine einzige könne wirklich bewiesen werden.
Niemand könne sagen, was der Tod eigentlich sei und sie selbst wisse nicht, woran sie glauben solle: An ein Leben nach dem Tod? An Wiedergeburt? *Blödsinn*!
Als meine Mutter das sagte, kamen ihr die Tränen und ich bekam Nasenbluten. Nachdem sie mir den Kopf in den Nacken gelegt hatte (was keine gute Idee war, denn, wie ich in der siebten Klasse gelernt habe, muss man den Kopf gerade halten, aber meine Mutter hat anscheinend nicht den gleichen Erste-Hilfe-Kurs gemacht wie ich), erzählte sie mir vom Himmel. Dabei erklärte sie mir allerdings im selben Atemzug, dass mein Vater und sie nicht an den Himmel glaubten.
Danach kamen die Beerdigung, die Beileidskarten, das Testament usw.
Und danach wurde meine Mutter quasi zum Zombie.
Ihre Mutter, Großmutter Charbonneau, hat eine Weile bei uns gewohnt. An alles, was in dieser Zeit passiert ist, erinnere ich mich nur noch verschwommen.
Am Anfang war ich sehr traurig, aber mit der Zeit habe ich mich damit abgefunden. Und verstanden, dass mein Vater nie mehr zurückkommen wird. Niemals. Meine Mutter hat das nicht verstanden oder nicht verstehen wollen. Es ist immer schwierig gewesen, mit ihr über meinen Vater zu reden. Manchmal habe ich den Eindruck, es geht ihr besser. Aber dann wird sie bei der kleinsten Bemerkung über ihn ganz rot am Hals und

Tränen schießen ihr in die Augen. Wenn ihr Hals rot wird, muss ich sofort etwas sagen, damit sie nicht in Tränen ausbricht. Ich habe da so meine Tricks. Meistens versuche ich, sie zum Lachen zu bringen. Und dann wechseln wir zu meiner Erleichterung das Thema.
Am schwierigsten finde ich, dass ich, wenn ich an meinen Vater denke, nicht weiß, wo er ist. Es ist, als wäre er einfach so verschwunden – puff!

Zurück zu Samstag, dem 24. September

20:03
Ich sehe mir immer noch die Sterne an und stelle mir vor, mein Vater wäre nicht gestorben, sondern ein Außerirdischer, der auf seinen Planeten zurückgekehrt ist (echt cool!!!).

20:04
Was denn? Das ist auch nicht seltsamer als die Leute, die glauben, dass Elvis nicht tot ist, sondern auf einer einsamen Insel lebt!

20:22
Das Schweigen meiner Mutter beunruhigt mich. Als ich die Röte an ihrem Hals bemerke, stelle ich ihr schnell meine Theorie vor, dass mein Vater ein Außerirdischer ist und auf einem anderen Planeten lebt. Meine Mutter

starrt mich an und erstickt dann fast vor Lachen. Darüber bin ich echt froh! Das ist das erste Mal, dass sie in Zusammenhang mit diesem, ähm, *tragischen Ereignis* gelacht hat.

Dienstag, 27. September

Ich liebe unsere Biostunden! Nicht, weil ich den Stoff so spannend finde, sondern weil ich Schwester Rose so mag, meine Lehrerin. Für eine Nonne ist sie echt ziemlich cool. Sie hat graue Haare, die zu einem Knoten hochgesteckt sind, eine kleine runde Brille und *abgefahrene* Klamotten. Unter ihrem weißen Laborkittel trägt sie einen tief ausgeschnittenen Pullover, jede Menge Ketten, einen Rock und High Heels. Keine andere Nonne zieht sich so an! Ich finde sie rebellisch.

Gerade spricht sie über die Anatomie des menschlichen Körpers. Ein paar Mädchen kichern, weil sie peinliche Wörter sagt. Uuuaaaaaaaah!!! Die will ich auf keinen Fall wiederholen!

Schwester Rose ist echt die lustigste Lehrerin der Welt!

In unserer ersten Stunde hat sie gesagt: »Guten Tag, ich heiße Rrrrose – hütet euch vor meinen *Dornen*!«

Immer wenn sie einen Witz macht, lacht sie ein bisschen und legt dabei ihre Hand vor den Mund. Total süß! »Herzlich willkommen im Biolabor, dem schönsten Raum des Hauses! Schaut euch mal um, es gibt sechs Fenster! Nicht eins! Nicht zwei! Nicht drei! Nicht vier! Nicht fünf! Sechs! Habe ich ›sechs‹ gesagt? Ja, ich habe ›sechs‹ gesagt!«
Schwester Rose sagt immer »das Haus« wenn sie von der Schule spricht. Ich vermute, weil sie hier wohnt.
Dann hat sie uns das Skelett vorgestellt, das auf ihrem Schreibtisch thront und Oskar heißt. »Oskörper«, hat sie gesagt und wieder gelacht und die Hand vor den Mund gelegt. Sie fand ihr Wortspiel megalustig. Ich persönlich finde Schwester Rose selbst viel lustiger als ihre Witze.

9:22
Während sie redet, denke ich über meine menschliche Existenz nach. Wenn ich mich so anders fühle als der Rest und auch die Biostunden komisch finde, dann liegt das vielleicht daran, dass ich einfach nichts mit der »irdischen« Anatomie zu tun habe.
Was, wenn meine Mein-Vater-ist-ein-Außerirdischer-Theorie doch nicht so verrückt ist?

9:23
Nee! Das ist Quatsch!

9:24
Wenn mein Vater ein Außerirdischer ist, dann bin ich,

Amélie Laflamme, vielleicht auch eine Außerirdische, und eines Tages kommt er und holt mich (total unwahrscheinlich).

9:25
»Die Galle ist gelb! Richtig schön gelb!«, verkündet Schwester Rose, während ich über meine Theorie nachsinne.
Vielleicht bin ich eine Außerirdische, die auf einer intergalaktischen Reise nach einer Raumschiffpanne auf der Erde vergessen wurde!

9:26
Ich hoffe, die Außerirdischen sehen so gut aus wie Max aus der Serie *Roswell*.

9:27
Oh wow! Es wäre echt cool, wenn mein Vater mich abholt und ich auf seinem Planeten einen Typen wie Max treffe!

9:28
Wie war noch mal der Name des Schauspielers? Ach ja, Jason Behr?

9:29
Zumindest ist es nicht Brendan Fehr ... Ist doch komisch, dass in einer Serie zwei Schauspieler spielen, deren Namen ganz ähnlich klingen und dabei so ungewöhnlich

sind. Hmm ... das ist mir vorher nie aufgefallen, aber ich finde das ziemlich verdächtig.
Wenn ich nur mit Kat darüber reden könnte!

9:30
»Schluss für heute. Ab mit euch!«, sagt Schwester Rose, als es zur Pause läutet. »Du bleibst hier, Ariane!«, fügt sie hinzu und sieht mich an.
Ich: »Ich?«
SR: »Ja.«
Ich: »Ich heiße Amélie.«
SR: »Ach so? Entschuldige ...« (Sie schaut auf ihrer Namensliste nach, vielleicht hat sie Angst, ich wolle sie veräppeln.) »Das Schuljahr hat ja gerade erst angefangen. Bis Weihnachten kenne ich alle eure Namen auswendig!«
Sie rückt Oskar auf ihrem Schreibtisch zurecht und sieht mich nicht an. Ich trete von einem Fuß auf den anderen und warte, dass sie sagt, was sie sagen will.
Ich: »Ähh ... Schwester Rose, was wollten Sie mit mir besprechen?«
SR: »Ach ja! Mein Unterricht interessiert dich wohl nicht?«
Ich : »Doch, schon ...«
SR: »Du hörst aber nicht zu.«
Ich »Das liegt daran, dass ... ich nachgedacht habe.«
SR: »Worüber?«
Ich »Über ... verschiedene Sachen ...«
SR: »Sachen, die mit Biologie zu tun haben?«
Ich: »Hmm ... schwer zu sagen.«

SR: »Was man versteht, erklärt man leicht!« (Dabei hebt sie den Zeigefinger und freut sich offensichtlich, ihr Sprichwort zitieren zu können.)
Ich: »Glauben Sie an Außerirdische?«
SR: »Solange etwas nicht wissenschaftlich bewiesen wurde, kann man nicht behaupten, dass es existiert.«
Ich: »Komisch, dass gerade Sie das sagen ...«
SR: »Ach ja, warum?«
Ich: »Na ja, Sie sind eine Nonne ... sind Sie nicht, äh, sozusagen ... mit Gott verheiratet?«
SR: »Ja ...«
Ich: »Und welches wissenschaftliche Experiment beweist seine Existenz?«
Schwester Rose dreht sich überrascht zu mir um und betrachtet mich über den Rand ihrer Brille.
SR: »Ariane ...«
Ich: »Amélie.«
SR: »Das ist in der Tat eine Dichotomie.«
Ich: »Eine *Dicho*... was?«
SR: »Ein Widerspruch.«
Ich: »Ah ...«
SR: »Es gibt einen Unterschied zwischen Glaube und Wissenschaft. Das ist eine Debatte, die seit Menschengedenken geführt wird. Aber warum fragst du mich nach Außerirdischen?«
Ich könnte alles Mögliche antworten, zum Beispiel: »Ich glaube, ich bin auf dem Planeten Erde nicht zu Hause«, oder: »Ich würde gerne von einem Raumschiff abgeholt werden, das wäre echt cool!«, oder auch: »Wenn Elvis

auf einer einsamen Insel lebt, dann lebt mein Vater auf einem anderen Stern.« Aber ich ziehe es vor, gar nichts zu sagen. Außerdem habe ich nur noch wenige Minuten, um zu meinem nächsten Kurs zu kommen (Mathe), der am anderen Ende des Gebäudes stattfindet.
SR: »Wusstest du, dass es große Wissenschaftler gibt, die große Gläubige geworden sind?«
Ich: »Nein ...«
SR: »Je mehr du über das menschliche Wesen erfährst, desto mehr Fragen stellst du dir. Die Wissenschaftler, denen das so geht – dazu gehöre auch ich – glauben nicht, dass all das ›Zufall‹ ist,« (sie macht sogar Gänsefüßchen mit den Fingern) »wie es die Evolutionstheorie Darwins besagt. Sogar der Technik fällt es schwer, die Natur nachzubilden. Du wirst sehen, wenn du im Unterricht aufpasst, wirst du großartige Sachen entdecken!«

9:46

Schwester Rose hat geredet und geredet und geredet! Mindestens drei Millionen Jahre lang! So lange, dass ich zu spät zu Mathe gekommen bin. Als ich den Klassenraum betrat, hat Madame Gagnon mich böse angesehen und ich habe »Mädchenprobleme« als Entschuldigung vorgeschoben, was natürlich immer funktioniert. Ich habe gesehen, dass Kat mich durchschaut hat, weil sie in sich hineingrinste.

Mittwoch, 28. September

Ich schreibe einen Brief an Kat:

Liebe Kat,
(ich präzisiere »Kat« für den Fall, dass jemand anders diesen Brief findet und meint, er sei für ihn bestimmt. Selbstverständlich gehe ich von der Aufrichtigkeit der Person aus, die diesen Brief finden könnte. Ich stelle mir vor, dass sie bei dem Wort »Kat« sofort aufhört zu lesen. Denn wenn besagte Person bei deinem Namen nicht aufhören würde zu lesen, obwohl dieser Brief nicht an sie adressiert ist, wäre das megafies! Aber während ich all das schreibe, frage ich mich, ob das nicht erst recht die Neugier eines eventuellen megagfiesen Lesers weckt ... hmm ...)

Liebe Kat, ich wollte dir einen Brief schreiben, aber ich glaube, es ist sicherer, wenn wir persönlich miteinander reden.

Amélie
xxx

Donnerstag, 29. September

Diese Woche habe ich auf dem Klo gegessen, manchmal auch draußen an einem abgelegenen Platz, und so getan, als würde ich lernen. Ich habe auch versucht, in der Bibliothek zu essen, aber man hat mich natürlich darauf hingewiesen, dass das verboten ist. Also esse ich heute wieder auf dem Klo. Das ist der sicherste Ort, um nicht entdeckt zu werden, wenn man allein ist.

Neben meiner Kabine höre ich das Klacken einer Coladose, dann ein »Zisschhh« und dann: »Oh! Scheiße!«

Es ist Kats Stimme!

Ich: »Kat?«

Kat: »Was?«

Ich: »Du isst auf dem Klo?«

Kat: »Ja, und? Mach dich ruhig lustig!«

Ich: »Ich esse auch auf dem Klo!«

Kat: »Echt?«

Ich: »Na ja ... ja.«

Jemand kommt in den Waschraum. Es sind Nadine und Marilou. Sie reden darüber, dass für heute Nachmittag um 15:12 Uhr der Weltuntergang angekündigt ist. Anscheinend laut einer Vorhersage von Nostradamus, die sie im Internet gefunden haben. Pfff! Die sind echt bescheuert, so einen Blödsinn zu glauben!

13:09

Nadine und Marilou verschwinden schließlich nach einer endlosen Schmink-und-Frisier-Session. Nadine schien wahnsinnige Probleme zu haben, ihren Pferdeschwanz zu binden. Nach dem, was man hören konnte, wollten sich mehrere Haare nicht in das Gummiband zwängen lassen. Nadine hat sehr dicke und schöne blonde Haare. Und sie hat viel Busen. Im Vergleich zu Kat und mir wirkt sie wirklich viel älter. Sie entspricht dem typischen Schönheitsideal. Marilou ist das komplette Gegenteil. Sie ist klein, rundlich und hat kurze schwarze Haare. Seit der siebten Klasse war keine von beiden auch nur einen Augenblick Single. Sie haben mindestens einen neuen Typen pro Monat. (O.k., ich übertreibe!)

Kaum sind Nadine und Marilou verschwunden, kommen Kat und ich aus unseren Kabinen und ich stelle fest, dass Kats Bluse ganz nass ist. Unglücklich sagt sie:

»Ich habe mir meine ganze Dose Sprite drüber*gesplasht*.«

Ich: »Ich habe eine Bluse zum Wechseln in meinem Fach.«

Kat: »Glaubst du, das mit dem Weltuntergang stimmt?«

Ich: »Ach Quatsch! Nadine und Marilou labern immer so einen Blödsinn!«

Kat: »Wir sollten Monsieur Beaulieu warnen, dass es heute Nachmittag ein Riesenchaos gibt.« (Sie geht zum Papierspender am Waschbecken, um ihre Bluse zu trocknen.)

Ich: »Nein, bloß nicht zu dem!«

Kat: »Warum?«

Ich: »Ich glaube, er steht auf meine Mutter!«
Kat: »Hast du sie noch alle?« (Sie rubbelt mit dem Papier zum Händetrocknen auf ihrer Bluse herum, was kleine graue Kügelchen auf dem Stoff hinterlässt.)
Ich: »Es kommt nicht infrage, dass meine Mutter ausgerechnet was mit unserem Direktor anfängt. Immerhin besteht die Menschheit zu 50 Prozent aus Männern!«
Kat: »Angeblich gibt es auf der Welt mehr Frauen als Männer.«
Ich: »Selbst wenn es nur 49 Prozent sind, hat sie immer noch genug Auswahl.«
Kat: »Angeblich ist die Wahrscheinlichkeit größer, dass Frauen über vierzig vom Blitz getroffen werden, als dass sie einen Mann finden.«
Ich: »Ach was! Das ist doch Schwachsinn!«
Kat (während sie wild weiterrubbelt): »Verdammte Bluse! Ähm, ach ja ... ich habe deinen Brief bekommen.«
Ich: »Aha.«
Kat: »Du fehlst mir!!!«
Ich: »Du mir auch!!!«
Kat: »Arrrgh! Ich bin ganz klebrig!«
Ich: »Mach dir nichts draus! Komm, lass uns hier verschwinden, es stinkt nach Haarspray!«

Beim Rausgehen stelle ich ihr die Frage, die mich schon die ganze Zeit beschäftigt:
»Sag mal, findest du es nicht komisch, dass in *Roswell* ein Schauspieler Jason Behr heißt und ein anderer Brendan Fehr?«

13:15
Nadine und Marilou haben allen Leuten verkündet, dass um 15:12 Uhr die Welt untergehen wird. Die sind echt Banane!

13:31
Schwester Rose hat recht: Das menschliche Wesen ist komplex. Da alle wegen Nadines und Marilous Weltuntergangsprognose durchdrehen, würde ich sogar sagen, das menschliche Wesen ist *bescheuert*!

14:01
Monsieur Beaulieu hat eine Durchsage gemacht, dass alle Mädchen, die im Unterricht fehlen, nachsitzen müssen.

14:04
Da Monsieur Beaulieu nicht an diesen Schwachsinn glaubt, steigt er wieder in meiner Achtung, auch wenn er zu meiner Mutter gesagt hat, dass ich mich in der Schule nicht genug anstrenge.

14:05
Mich in der Schule *anstrengen*! Hallo, ich habe auch noch ein *Leben*!

14:06
Wenn man allerdings bedenkt, dass mein Leben dem Lernen gewidmet sein sollte, dann stimmt es, dass ich mich etwas mehr anstrengen könnte.

14:15

Madame Claude, unsere Französischlehrerin, hat gesagt, wir sollten uns keine Sorgen machen. Es gehe jedes Jahr so ein Gerücht durch die Schule, angeblich aufgrund einer Vorhersage von Nostradamus, aber keine dieser Vorhersagen sei jemals eingetroffen.

15:00

Noch zwölf Minuten bis zum »mutmaßlichen« Weltuntergang.

15:07

Natürlich sind alle aufgeregt und niemand passt im Französischunterricht auf. Das Partizip Perfekt kann uns mal, wenn wir nur noch wenige Minuten auf diesem Planeten zu leben haben!

15:10

Dank Madame Claude verlieren wir wertvolle Minuten, da sie einen Überraschungstest angesetzt hat. Noch dazu weist sie uns darauf hin, dass die Ergebnisse benotet werden. Was für ein Einfall, kurz vorm Weltuntergang einen Test zu schreiben! (Plötzlich erscheint mir der Weltuntergang als geniale Lösung all meiner Schulprobleme.)

15:12

Ich ziehe vorsichtshalber den Kopf ein für den Fall, dass die Welt über mir zusammenbricht. Ich frage mich, *wie* der Weltuntergang eintreten wird. Kat ist nicht im selben Kurs wie ich. Da ich in Französisch ziemlich gut bin (das Partizip Perfekt ausgenommen), bin ich im »Begabtenkurs« (eine unangemessene Bezeichnung, wenn man mich fragt, besonders nach Beaulieus Kommentar – ups, »Monsieur« Beaulieu, meine ich natürlich).

15:13
Der Weltuntergang ist nicht eingetreten.

15:20
Madame Claude schreibt die Lösungen an die Tafel und wir korrigieren unsere Tests. Dabei wendet sie uns den Rücken zu, und ich bin nahe daran, meine Fehler zu verbessern und so zu tun, als hätte ich alles richtig. Aber Anouk beobachtet mich und ich habe Angst, dass sie mich verpetzt. Ich habe nur 6 von 10 Punkten.
Diese ganze Weltuntergangsgeschichte hat mich völlig aus dem Konzept gebracht!

15:30
Wenn der Mensch angeblich so »perfekt« ist, warum muss er dann in die Schule gehen?

19:27
Als meine Mutter nach Hause kommt, erzähle ich ihr vom Weltuntergang. Ich gestehe ihr, dass ich 6 von 10 Punkten in einem Test zum Partizip Perfekt und damit die schlechteste Note der Klasse habe. Mit einem Zwinkern erwidert sie:

»Ach, das ist doch kein Weltuntergang!«
Aber dann zerstört sie alles wieder mit der Frage:
»Hast du den Abwasch noch nicht gemacht?«

P.S.: Ich frage mich echt, seit wann meine Mutter so aufs Putzen abfährt.

To do: Herausfinden, ob das erblich ist.

To do Nr. 2: Wenn ja: die nächsten Jahre darauf verwenden, ein Mittel gegen Putzfimmel zu finden.

20:00

Kat hat angerufen und wir haben ein bisschen über *Roswell* geredet. Darüber, dass wir die Serie vermissen, seit sie nicht mehr läuft, und über den verdächtigen Umstand, dass zwei Schauspieler mit so seltsamen Namen in der Serie spielen. Kat hat gesagt, für Leute wie uns mit gewöhnlichen Nachnamen wie Demers (sie) und Laflamme (ich), schienen Namen wie Behr (Jason) und Fehr (Brendan) vielleicht seltsam, aber Leute, die Behr und Fehr hießen, könnten Namen wie Demers und Laflamme seltsam finden. Hmm ... gar nicht dumm.

21:00

Der wirkliche Weltuntergang wäre gewesen, wenn ich mich nie wieder mit Kat vertragen hätte (oder wenn meine Mutter mich gezwungen hätte, den Kühlschrank sauber zu machen ...).

Oktober

Eine ungünstige
Sternenkonstellation

Samstag, 1. Oktober

Kat findet meine Außerirdischen-Theorie ziemlich bescheuert (nicht nur, was die *Roswell*-Affäre betrifft, da die Namen der Schauspieler kein ausreichender Beweis für eine außerirdische Verschwörung sind. Sondern vor allem, was die Geschichte mit meinem Vater angeht). Ich habe es ihr nicht gesagt, aber ich finde ihre Überzeugung mindestens genauso bescheuert, dass sie eines Tages David Desrosiers von Simple Plan heiraten wird!

Wir sind auf dem Weg zum Jugendzentrum (wo Kat unbedingt wegen einer »Überraschung« mit mir hinwill) und sie redet schon seit mindestens vier Minuten von ihrer bedingungslosen Liebe zu David.

Kat: »Hast du mal gesehen, wie er seinen Bass hält? Und sein *Look* ist so süß! Er ist echt cool!«

Ich: »Er ist schon o.k. ... wenn man auf fettige Haare steht.«

Kat: »Ach Am, du bist echt blöd! Er hat keine fettigen Haare, das ist Gel!«

Kat nennt mich »Am«, nicht zu verwechseln mit der Präposition »am« oder der Vorsilbe »Am-«. Das kann gelegentlich zu Verwirrung führen, wenn sie zum Beispiel sagt: »Am, das Eis ist superlecker!«, und ich aufgrund von Hintergrundgeräuschen verstehe: »Ameisen superlecker!« Natürlich weiß ich, dass Kat nicht wie ein Höhlenmensch spricht und darauf geachtet hätte, »Ameisen *sind*« zu sagen. Aber als ich den Satz hörte, dachte ich, besagtes Hintergrundgeräusch hätte das »sind« abgeschnitten. Also, ich erzähle das nur, weil es neulich am Telefon passiert ist, und ich mich über Kats Geschmack schon sehr wundern musste.

13:10

Wir sind im Jugendzentrum. Kat hat gesagt, sie verzeiht mir erst, wenn ich zu *Oops, I did it again* von Britney Spears tanze! Oh Mann, Kat ist in diesem Spiel super, aber ich bin echt eine Niete. Das kann sie doch nicht als Entschuldigung dafür verlangen, dass ich ein Geheimnis ausgeplaudert habe – das eigentlich gar keins war! Ich dachte, unser Streit wäre vergessen!

13:15

Ich füge mich in mein Schicksal und stelle mich auf der Tanzfläche auf. Ich betrachte die Pfeile auf dem Boden. Kat wirft die Münzen in den Apparat und wählt selbst *Oops, I did it again* aus. Dabei sieht sie mich triumphierend an (oder spöttisch? Oder rachsüchtig? Oder ... wie auch immer!). Ich finde, sie übertreibt. Also echt! Ich dachte, die Sache wäre geregelt. Und jetzt kommt sie mir mit so einer blöden Racheaktion! Oops, die Musik geht los.
Ein Fuß nach links. (Haha, ich habe »oops« gesagt, wie im Lied.)

Ein Fuß nach rechts. (Hey, so schlecht bin ich in diesem Spiel gar nicht!)
Zweimal nach hinten. (Das geht jetzt aber schnell. Darauf war ich gar nicht vorbereitet ...)
Zweimal zur Seite. (Häh??)
Nein, das ist ein Sprung. (Ich sehe, dass Kat sich zurückhalten muss, um die Schritte nicht mitzumachen.)
Ein Fuß nach vorne.
Zwei zur Seite.
Hilfeeeeeeeee! Ich bin total aus dem Takt!

13:20

Ich verlasse leicht beschämt die Tanzfläche.

13:25

Kat lacht. Sie schwört, sie lache nicht *über* mich, sondern *mit* mir. Ganz ehrlich, ich verstehe nicht, warum Leute so was sagen. Wenn die Person, die einen zum Lachen bringt (in diesem Fall: ich) nicht selbst lacht, wie kann man dann versichern, man lache *mit* ihr?
Kat: »Ach komm! Nimm's mir nicht übel!«
Ich: »Na, aber echt ...«
Kat: »Das war doch nur Spaß! Mir war das so peinlich, als du vor allen Leuten gesagt hast, dass ich das Tanzen zu den Songs von Britney Spears gelernt habe.«
Ich: »Du solltest einfach dazu stehen! Ich habe gehört, dass *Britney Spears Dance Beat* das Lieblingsvideospiel von Jeff Stinco von Simple Plan ist!«
Kat (etwas perplex): »Echt?«

Ich: »Ja, das habe ich in der *Miss* gelesen.«
Kat: »Ich wette, das stimmt nicht! Oder dass Jeff das ironisch gemeint hat! Egal ... ich hatte mein Recht auf Rache!«
Ich: »Eine wirkliche Rache wäre es gewesen, wenn du allen verraten hättest, dass ich auf *Arielle, die Meerjungfrau* stehe!«
Kat: »HE, ALLE MAL HERHÖREN, AM STEHT AUF ...«
Ich halte ihr die Hand vor den Mund und wir platzen fast vor Lachen und fangen an, falsche Geheimnisse zu enthüllen. Gleichzeitig versuchen wir, die andere zum Schweigen zu bringen, indem wir ihr die Nase zuhalten oder die Hand vor den Mund legen.
Ich: »Kat stopft sich, hahaha, Taschentücher in den BH!«
Kat: »Am schläft auf einem, hahaha, Orlando-Bloom-Kissen!«
Ich: »Kat denkt, hahaha, dass man sich in fünfzig Jahren nicht mehr an die Beatles erinnert, sondern nur noch an N'Sync!«

14:01

Unsere Showeinlage hat anscheinend nicht allen gefallen, denn wir sind vor die Tür gesetzt worden. Beim Rausgehen habe ich ein paar Sachen aus meiner Tasche verloren. Während unserer kleinen, ähm, Schlacht, hat Kat aus Versehen meine Tasche geöffnet. Als ich es merkte, waren wir schon draußen. Der Aufseher sah uns nur düster durch die Glastür an und rührte sich nicht vom Fleck, obwohl ich draußen mit den Händen auf meine Sachen drinnen am Boden zeigte. Er glaubte wohl, ich wollte ihn veralbern, weil ich ihm durch die Scheibe unverständliche Zeichen machte. Dann merkte ich, dass ein Typ, der wie Ryan Sheckler aussah (mit weniger abstehenden Ohren), drinnen meine Sachen aufsammelte.

WER IST RYAN SHECKLER?

Laut Miss Magazin

Ryan Sheckler (Skateboard-Champion)
Vollständiger Name: Ryan Allen Scheckler
Spitzname: Shecky
Geburtsdatum: 30. Dezember 1989
Sternzeichen: Steinbock
Geschwister: zwei jüngere Brüder, Shane und Kane

Besonderheiten:
- liebt alle James-Bond-Filme
- kann Menschen nicht leiden, die wegen jeder Kleinigkeit meckern
- sein Lieblingsfach war Bio

Offizielle Website: www.ryansheckler.com

Ich verrate ein kleines Geheimnis: Ich finde Ryan Sheckler megasüß. Er hat einen schönen Mund und seine halblangen blonden Haare fallen total nett zur Seite. Und wenn er Skateboard fährt, werden seine Haare etwas verschwitzt und locken sich (nur in meiner Vorstellung, denn ich habe ihn noch nie beim Skaten gesehen). Ich bin nicht so verknallt in Ryan wie Kat in David (wenigstens stehe ich nicht auf Opas!), aber ich finde ihn schon ziemlich süß. Uuuuuh!
Ryan Sheckler hin oder her, der Typ, der so aussah wie er, war dabei, MEINE SACHEN ZU KLAUEN!
Ich rief dem Aufseher zu:
»He! Hallo! Der klaut meine Sachen!«

14:05

Ryan Shecklers Doppelgänger ist vor die Tür gekommen und hat mir meine Sachen übergeben: meine Sonnenbrille, meinen »Seid-ihr-Freundinnen-fürs-Leben-Test« und ... einen Tampon.
Ich habe die Sonnenbrille und den Test in meine Tasche gesteckt, aber den Tampon habe ich mit hochgezogenen Augenbrauen angeschaut und gesagt:
»Also, der ist nicht von mir ...« (wie jedes Mädchen es gemacht hätte).
Er: »Ich habe gesehen, wie er aus deiner Tasche gefallen ist.« (Hat er mich etwa beobachtet?)
Ich: »Kann gar nicht sein.« (Wenn er einigermaßen schnell von Begriff ist, wie es der *echte* Ryan sicherlich ist, wird er verstehen, dass mir die Situation extrem peinlich

ist und die Sache mit dem Tampon auf sich beruhen lassen!)
Dann fügte ich hinzu (weil niemand was sagte, super unangenehm!): »Keine Ahnung, wie ein Tampon in meine Tasche gekommen sein soll.«
Ich sah Kat an und meine Augen sandten ihr die klare Botschaft: »Hilfe! Bitte hilf mir aus der Patsche, bitte, bitte!«
Als hätte sie meine Gedanken erraten (ein Hoch auf meine Telepathiekünste!) schaltete Kat sich ein:
»Das ist kein Tampon! Das ist eine Miniaturflöte!«
Ich starrte Kat völlig verdattert an, mit so vielen Fragezeichen im Blick wie möglich.
Der Pseudo-Ryan entgegnete, ohne mit der Wimper zu zucken: »Hier, eure Flöte.«
Kat hat den Tampon genommen und der Pseudo-Ryan ist verschwunden.

14:10

Ich: »Kat ... Häh?!? Eine Miniaturflöte! Hast du sie noch alle?!?!!!!!!«
Kat: »Tut mir leid! Hahaha! Ich habe doch gesehen, dass der Typ dir gefällt und dass es dir peinlich war, als er dir den Tampon gegeben hat, hahaha! Ich wollte dir helfen, und das war das Erste, hahaha! was mir eingefallen ist!«
Ich: »Aber wenn der Typ mir gefallen würde, was übrigens überhaupt nicht *stimmt*, dann denkt er jetzt, dass ich auf Tampons Flöte spiele!«
Kat: »Hahaha! Ich musste mir halt ganz schnell was ein-

fallen lassen, hahaha! und ich habe mir gedacht, dass der Tampon, hahaha! die Form einer Flöte haben könnte, hahaha! Und dann habe ich es gesagt. Hahaha!«

14:15

Ein nicht enden wollendes Wahnsinnsgelächter. Kat nahm den Tampon aus der Verpackung und setzte ihn an die Lippen. Dann legte sie ihre Finger darauf und tat so, als spiele sie Flöte. Manchmal zog sie am Bändchen, als wäre das ebenfalls ein Teil des »Instruments«. Und dabei machte sie »tü tütü tü, tü tütü tütü«.
Wir mussten so lachen! Bis wir Bauchschmerzen bekamen. Kat hat gesagt, dass sie die Tamponflöte als einen der größten Lachanfälle ihres Lebens im Gedächtnis behalten wird.

15:50

Wir haben die Flöte in den *Seid-ihr-Freundinnen-fürs-Leben*-Test eingewickelt und in Kats Erinnerungskiste gelegt. Kat hat gesagt, sie hätte genau die gleichen Antworten genommen wie ich.

Kat: »Am, findest du wirklich, dass man die Taschentücher in meinem BH sieht?«
Ich: »Was?!? Du stopfst dir wirklich Taschentücher in den BH? Tut mir leid! Als ich das vorhin gesagt habe, wusste ich doch nicht, dass du das wirklich machst ...«
Kat: »Ach was! Das war doch nur ein Witz! Hahahaha!«

16:00
Auf dem Heimweg denke ich, dass ich nie auf die Idee gekommen wäre, einen Tampon als Miniaturflöte auszugeben. Kat ist echt verrückt!

22:00
Ich kann mich einfach nicht auf den Manga konzentrieren, den ich gerade lese. Ich muss die ganze Zeit an den Typen denken, der wie Ryan Sheckler aussah. Die Sache ist mir extrem peinlich. Ich hoffe, wir sehen ihn nie wieder. Wir dürfen nie wieder in das Jugendzentrum gehen!

22:10
Außerdem sind wir ja rausgeschmissen worden.

22:15
Außerdem Nummer 2.) Mir ist dieser Typ piepegal!

22:16
Ein *Orlando-Bloom*-Kissen ... hmm, eigentlich gar keine schlechte Idee!

Sonntag, 2. Oktober

Heute Morgen megaschlimmes Erwachen. Ich hatte gerade geträumt, ich wäre mit Ryan beim Skaten (höchst unwahrscheinlich, ich kann nämlich gar nicht Skateboard fahren), als in meinem Traum ein Feuerwehrauto auf uns zuraste. Ich schlug die Augen auf und stellte fest, dass es an der Tür klingelte. Ich sah auf die Uhr: 9:22. Viel zu früh, um an einem Sonntagmorgen das Bett zu verlassen! (Psst, nix verraten! Als meine Mutter mir gestern Abend gute Nacht wünschte, habe ich so getan, als würde ich schon schlafen. Dabei hatte ich meinen Manga unter der Decke versteckt und hab ihn wieder rausgeholt, als sie weg war. Still und heimlich wie ein Ninja!)

»Mamaaaaaaaaaaaaaaaaaaaaaaa!«

Warum geht sie nicht an die Tür?

Es klingelt noch einmal. Ich stehe auf und gehe zur Tür. Ich öffne sie. Draußen stehen zwei ältere Damen. Die eine hält einen Staubsauger im Arm und die andere sagt: »Könnten wir die Dame des Hauses sprechen?«

(Wofür halten sie denn *mich*, für einen Elefanten?)

Ich: »Nein, sie ist nicht da. Äh ... das heißt, sie ist doch da, aber sie ist im Bad. Und sie macht Karate. Also, nicht im Bad, aber in ihrer Freizeit.«

(Puh! Fast hätte ich verraten, dass ich allein zu Hause bin und dann hätten sie mich entführt oder sonst was!)
Frau mit Besen: »Hohoho! Du bist ja süß!«
(Süß? Was soll das denn jetzt?!?)
Frau mit Staubsauger: »Wann ist die beste Zeit, um wiederzukommen? Hohoho!« (Ihr Lachen klingt nach einer Mischung aus Weihnachtsmann und Maus, der jemand auf den Schwanz getreten ist.)
Ich: »Äh ... niemals. Wir haben schon einen Staubsauger. Und meine Mutter ist sehr beschäftigt ... mit ihren Karatestunden. Nicht, dass sie deswegen oft weg wäre, sie trainiert jeden Tag zu Hause.«
Frau ohne Staubsauger: »Also, hier ist unsere Karte. Wenn deine Mutter möchte, kommen wir jederzeit gerne vorbei und machen eine kostenlose Probe-Vorführung.«

10:15

Meine Mutter kommt nach Hause.
Ich: »Wo warst du denn? Ich wäre beinahe entführt worden!«
Meine Mutter: »Von wem?«
Ich: »Von zwei Staubsaugerverkäuferinnen. Ich habe ihnen gesagt, dass du Karate machst.«
Meine Mutter: »Aha!«
Ich: »Wo warst du?!«
Meine Mutter (während sie Einkaufstüten auf den Tisch stellt): »Ich war in der Mall einkaufen. Und ich warne dich gleich, nimm dir heute nichts vor, das Haus ist ein

absoluter Saustall und wir werden den ganzen Tag putzen.«
Ich (während ich ihr die Visitenkarte der Staubsaugerverkäuferinnen hinhalte): »Ruf *die* doch an. Sie kommen jederzeit gerne vorbei und machen eine kostenlose Probe-Vorführung!«
Meine Mutter hat mir einen ihrer berühmten Blicke zugeworfen. Als hätte ich was gesagt, das total daneben ist! Wenn man schon von zwei alten Tanten geweckt wird, die unbedingt bei einem putzen wollen, weiß ich nicht, warum man das nicht ausnutzen sollte!

11:34

Ich putze das Bad. Warum putze eigentlich immer ich das Bad? Meine Mutter sagt, weil ich gut darin bin. Echt mal! Sie hat wirklich null Begabung für Psychologie. Sonst würde sie mich doch eher zu Sachen ermutigen, die mir was für die Zukunft bringen!

11:36

Kat hat angerufen und gefragt, ob wir shoppen gehen wollen. Ich habe gesagt, dass ich nicht kann, weil meine Rabenmutter mich zum Putzen verdonnert hat. Kat hat sich mit »Na, dann tschüss, Aschenputtel« von mir verabschiedet. Beim Auflegen trällerte sie unsere Tamponflöten-Musik, »tütü lütü tü«, was mich wenigstens zum Lachen gebracht hat, bevor ich mich wieder meiner superöden Arbeit zuwenden musste.
Hätten die Staubsaugerverkäuferinnen mich entführt,

wäre mein Tag vermutlich angenehmer verlaufen (zumindest, wenn sie mich nicht gezwungen hätten, die kostenlose Probe-Vorführung zu machen, in dem Fall wäre es aufs Gleiche rausgekommen).

Mittags

Meine Mutter und ich haben uns Sandwiches gemacht. Ich habe ihr berichtet, was ich den »Staubsaugerdamen« erzählt habe, und sie hat tatsächlich gelacht. Dann hat sie gesagt, dass sie wirklich ein bisschen Karate kann.

Ich (mit einem Stück Käse im Mund): »Du hast mal Karateunterricht genommen?!?«

Meine Mutter (während sie sich einen Klecks Senf vom Finger schleckt): »Ja, zusammen mit deinem Vater. Er hat mich dazu überredet.«

Ich (nach kurzem Schweigen): »Denkst du manchmal an ihn?«

Meine Mutter: »Ja, oft. Mmh, hast du schon die Tomaten probiert? Wirklich lecker!«

Ich: »Manchmal frage ich mich, wo er ist.« (Was ich nicht sage, weil sie das traurig machen würde: »Ich finde die Vorstellung schrecklich, dass er nur ein Skelett unter der Erde ist.«)

Meine Mutter: »Er ist ... bei uns, glaube ich.«

Ihr Hals ist plötzlich rot geworden, wie immer, wenn ich das Thema anschneide, und sie hat aufgehört zu kauen. Bevor ihr die Tränen in die Augen steigen können, erwidere ich:

»Was?!?!?!?!? Heißt das, er ist ein Gespenst?«

Meine Mutter: »Aber nein, ich rede von der Erinnerung an ihn, die in uns ist.«
Ich: »Du meinst, wir sind *besessen*?!?!!!!!«
Meine Mutter: »Amélie, also wirklich! ... So, genug davon.«
Sie hat ihre Tränen schnell wieder heruntergeschluckt. Zum Glück, denn wenn die Heulerei erst mal losgeht, hört sie nicht mehr auf und hinterlässt für den Rest des Tages eine Mega-Spannung im Haus.

15:06
Wir sind mit dem Putzen fertig und ich habe beschlossen, den restlichen Nachmittag nur abzuhängen. Ich bin superfrüh wach geklingelt worden und musste danach den Sklaven machen. Ich bin zu nichts mehr zu gebrauchen!

22:10
Ich kann nicht schlafen.

22:11
»Die Erinnerung an ihn ist in uns.« Hier? In diesem Augenblick?

22:12
Ist mein Vater ein Geist, der mich heimsucht?

Lieber Gott, wenn es dich gibt, behalt meinen Vater ruhig bei dir. Er ist bei dir gut aufgehoben, hier hat er nichts zu suchen!

Uhuaaaaaaaaaaaa! Ich habe ein Knacken gehört! Hilfeeeeeeeeeeeeee! Ein Gespeeeeeeeeeeeenst!

22:15
Wirklich nur aus Gründen der Sicherheit habe ich beschlossen, meiner Mutter in ihrem Bett Gesellschaft zu leisten.

22:25
Ich kann immer noch nicht schlafen, obwohl das Bett meiner Mutter superbequem ist. Wie kommt es eigentlich, dass mein eigenes Bett steinhart ist?
Ich flüstere, nur für den Fall, dass sie schon schläft.
Ich: »Mama? Schläfst du?«
Meine Mutter: »Was ist los, Püppchen?«
Ich: »Nenn mich nicht Püppchen, das ist ein abwertender Kosename.«
Meine Mutter: »Was willst du?«
Ich: »Wie kommt es, dass dein Bett viel bequemer ist als meins?«
Meine Mutter: »Amélie, schlaf jetzt!«
Meine Mutter schafft es immer, sich mit bescheuerten Argumenten aus der Affäre zu ziehen.

Das heutige Best-of:

3. Platz:
Meine Mutter: »Putz!«
Ich: »Warum?«
Meine Mutter: »Weil ich es dir sage.«

Wow. Sehr überzeugend.

2. Platz:
Meine Mutter: »Du machst das Bad.«
Ich: »Warum?«
Meine Mutter: »Weil du gut darin bist.«
Wow. Sehr einleuchtend.

1. Platz:
Ich: »Wie kommt es, dass dein Bett viel bequemer ist als meins?«
Meine Mutter: »Psst! Schlaf jetzt!«
Wow. Sehr erhellend.

Ich finde, alle großen Hilfsorganisationen sollten meine Mutter um Unterstützung bitten – sie hat einfach schlagende Argumente!
Natürlich bin ich sarkastisch. Man müsste sich mal vorstellen, wie meine Mutter versucht, den amerikanischen Präsidenten mit ihren jämmerlichen Argumenten zu bewegen, den Krieg zu beenden:
Meine Mutter: »Beende den Krieg!«
Der Präsident: »Warum?«
Meine Mutter: »Weil ich es dir sage.«
Präsident: »Und warum soll ich den Krieg beenden?«
Meine Mutter: »Weil du gut darin bist.«
Präsident: »Und wenn wir dann unseren Rang als stärkste Weltmacht verlieren?«
Meine Mutter: »Psst! Schlaf jetzt!«

Präsident: »O.k! Ist gebongt! Jungs, zieht die Truppen ab, ich lege mich erst mal aufs Ohr!«

To do: Meiner Mutter auftragen, an ihrem Debattierstil zu arbeiten.

Montag, 3. Oktober

Ich wache im Bett meiner Mutter auf und sie fragt: »Gut geschlafen?« Dabei habe ich ihr schon hundertmal gesagt, dass sie mich das nicht fragen soll! Ist sie taub, oder was? Ich will nicht gefragt werden, ob ich gut geschlafen habe, o.k.? Ich habe es ausgerechnet: Wenn ich achtzig Jahre alt werde und mir jeden Tag mindestens eine Person diese Frage stellt, werde ich 34.675-mal darauf antworten müssen. Wenn es zwei Personen sind, macht das schon 69.350-mal! Ich möchte mir meine Fähigkeit zu sprechen für sinnvollere Dinge aufheben!

7:33

Meine Mutter summt vor sich hin. Keine Ahnung, was sie hat. Gestern war sie noch nicht so drauf. Was ist bloß mit ihr los?

7:34
Meine Mutter hat mir einen Kuss auf die Wange gegeben. Bäh! Wie Eklig! Ich schlafe nie wieder bei ihr im Bett, egal wie viele Gespenster noch in meinem Zimmer auftauchen!

8:15
Meine Mutter hat angeboten, mich zur Schule zu fahren. Bevor ich aus dem Auto gestiegen bin, hat sie mir noch einen Kuss verpasst. Grrr! Ich hasse es, wenn sie das macht – vor allen Leuten, und dann auch noch mit Lippenstift!

8:20
Kat und ich sind auf dem Klo und Kat versucht, mir den Lippenstift von der Wange zu wischen. Kat meint, meine Mutter sei verliebt.
Ich: »Das habe ich auch erst gedacht, aber das kann nicht sein! Gestern hatte sie noch Tränen in den Augen, als wir von meinem Vater gesprochen haben.«
Kat: »Sie wird vielleicht immer Tränen in den Augen haben, wenn sie von deinem Vater spricht.«
Ich: »Ja, aber sie könnte doch wohl abwarten, bis sie keine Tränen mehr in den Augen hat, bevor sie sich einen Neuen sucht, oder?«
Kat: »Gibt es denn niemanden, für den sie sich interessiert? Von dem sie spricht?«
Ich: »Hmm ... nein. Aber ...«

9:15

Kat und ich haben beschlossen, die erste Stunde zu schwänzen. Kat hätte jetzt eigentlich Erdkunde, ich Französisch. Wir haben uns links und rechts neben der Tür zu Monsieur Beaulieus Büro postiert und belauschen sein Telefonat. Er redet von einem Keine-Ahnung-was-für-einem-Kostenplan. Kat macht mir irgendwelche Zeichen, als wollte sie sich die Kehle durchschneiden. Ich antworte ihr ebenfalls mit Zeichen, dass ich nicht verstehe, woher ihre Gewaltfantasien kommen. Keine von uns scheint die Gesten der anderen zu verstehen.

9:25

Die Glocke läutet. Wir müssen beide zu unserer nächsten Stunde.
Ich: »He Kat, was sollten denn diese Kehle-durchtrenn-Gesten?«
Kat: »Verstehst du keine Agentensprache? Wenn man sich mit dem Daumen unterm Kinn langfährt, heißt das, dass die Mission abgebrochen wird. Du hast doch gehört, dass das Gespräch nichts mit deiner Mutter zu tun hatte!«
Ich: »Ach so, ich dachte, du wolltest ihm die Kehle durchschneiden. Das fand ich ein bisschen ... übertrieben.«
Kat: »Für heute haben wir jedenfalls genug geschwänzt.«
Ich: »Wir haben *eine* Stunde verpasst, jetzt übertreib nicht!«
Monsieur Beaulieu kommt auf uns zu. Er stemmt die Hände in die Hüften und schaut uns an.

Monsieur Beaulieu: »Meine Damen! Ihr habt also eine Stunde verpasst!?«
In dem Augenblick kommt er mir vor wie ein Riese, Kat und ich dagegen wie Liliputanerinnen.
Kat: »Amélie hatte ... Probleme, äh, Mädchenprobleme.«
Ich werfe ihr einen wenig begeisterten Blick zu.
Monsieur Beaulieu: »Was für Probleme, Amélie?«
Ich: »Probleme mit ...«
Kat starrt mich an und fährt sich mit dem Daumen über die Kehle. Ich sehe sie an, als wollte ich sagen: »Mann, ehrlich, du übertreibst es mit diesem Zeichen«, aber ich weiß nicht, ob mein Telepathieversuch dieses Mal funktioniert.
Ich: »Persönliche Probleme, sozusagen.«
Monsieur Beaulieu: »Also, ihr kennt die Regeln. Ihr werdet beide nach dem Unterricht nachsitzen!«

Erst war ich echt sauer, aber dann ging mir auf, dass er zumindest nicht mit meiner Mutter ausgehen konnte, wenn ich nachsitzen musste. Also sagte ich:
»Super! Äh, ich meine: Alles klar, wir haben verstanden!«

Mittags
Kat hat mir einen megalangen Vortrag gehalten, dass ich meiner Mutter mehr Freiheit lassen müsse. Dass ich auch nicht wollen würde, dass sie in meine Liebesgeschichten hineinpfuscht und blablablablabla. Sie hat gar nicht mehr aufgehört! Was weiß sie schon? Sie hat das komplette Fa-

milienpaket: Eltern (zwei), Schwester (eine), Hamster (einen). O.k., ich gebe zu, der Hamster ließe sich für ein perfektes Familienpaket noch optimieren. Ein Hund wäre da schon besser. Ein Hamster ist ein echtes Alibi-Haustier. So, als wollten deine Eltern dir kein Premium-Haustier erlauben (Hund, Katze, Pony), du sie aber so lange nervst, bis sie dir aus lauter Überdruss ein Alibi-Haustier kaufen (Fisch, Schildkröte, Hamster, Meerschwein). Hamster und Meerschweinchen sind davon noch am coolsten, immerhin kann man mit ihnen eine Art Kameradschaft entwickeln.

16:10

Monsieur Beaulieu hat das Nachsitzen wieder gestrichen. Er hat mir vorgeschlagen, meine »persönlichen Probleme« zu regeln und gesagt, ich zitiere: »Bestell France einen lieben Gruß.« Er hat nicht gesagt: »einen Gruß.« Er hat gesagt: »einen lieben Gruß.« Und er hat gesagt »France«. Und nicht »deiner Mutter.« In dem Moment war ich so baff, dass ich gefragt habe:

»*Wem*?«

Weil ich meine Mutter nie France nenne. Also war ich, gelinde gesagt, verblüfft.

In dem Moment fragte Kat (in einem Ton, den man ätzend nennen könnte):

»Soll ich meinen Eltern auch einen ›lieben Gruß‹ bestellen, Monsieur Beaulieu?«

Und er entgegnete:

»Selbstverständlich!«

20:55

Ich telefoniere mit Kat und wir analysieren die Lage. Schlussfolgerung: Zwischen Monsieur Beaulieu und meiner Mutter bahnt sich was an!

21:00

Schlussfolgerung der Schlussfolgerung: Ich hab's gewusst!

Mittwoch, 5. Oktober

Oh, mein Gott! Oh, mein Gott! Oh, mein Gott!
Ich habe den Pseudo-Ryan wiedergesehen.

Und so ist es passiert:
Kat wollte nach der Schule unbedingt zu *Dance Dance Revolution* tanzen. Während Kat auf der Tanzfläche war, tauchte plötzlich der Pseudo-Ryan neben mir auf.
Erst habe ich ihn gar nicht gesehen.
Aber dann hat er mich auf die Schulter getippt ... also, nicht wirklich auf die Schulter, sondern ein bisschen tiefer (auf den Arm? Muss meine Bio-Notizen noch mal studieren), und zwar mit der Rückseite seines Zeige- und

Mittelfingers (aber vielleicht habe ich mir das auch nur eingebildet).
Ryan riecht übrigens ganz wunderbar nach Weichspüler. Keine Ahnung, welche Marke, ich bin ja keine Wäscheexpertin. Aber ich weiß, dass es kein Parfum ist. Jedenfalls riecht er echt gut. Als er mit mir geredet hat, ist mir außerdem aufgefallen, dass sein Atem ganz leicht nach Melone riecht.
Also, ich stand da und schaute Kat zu, als Pseudo-Ryan auf eine Frau zeigte, die etwas weiter weg stand und sagte:
»He, man könnte meinen, die kommt direkt aus den Achtzigern.«
Ich folgte seinem Blick, sah eine Frau mit Schulterpolstern, superengen Jeans und einem riesigen Dauerwellen-Wuschelkopf und erwiderte, ich zitiere:
»Stimmt, echt retro, so ’n Wauerdellen-Kuschelwopf … Kauerwellen-Wuschelzopf … Kauerdellen-Duschelwopf … Äh, vergiss es. Tschüss.«
Und ich verschwand, ohne den Pseudo-Ryan noch einmal anzusehen und ohne mich von Kat zu verabschieden.

20:30

(Ich denke gerade an meinen Mega-debilen-plemplem-und-alle-anderen-Blödsinnswörter-der-Welt-Satz.)
Kat ruft an.
Kat: »He, warum bist du einfach abgehauen?«
Ich: »Tut mir leid, aber ich habe etwas absolut Schreckliches gemacht und wollte mich für den Rest meines Le-

bens verstecken, und du warst noch am Tanzen und ich musste dringend weg, bevor ich mich vollends lächerlich gemacht hätte vor ...«
Kat: »Ach was, ist doch nicht schlimm! Es hat mir sogar Glück gebracht, dass du verschwunden bist und ich nach dir suchen musste!«
Ich: »Hast du bei *Dance Dance Revolution* gewonnen?«
Kat: »Äh, ja, aber ...«
Ich: »Aber was?«
Kat: »Aber das meinte ich gar nicht.«
Ich: »Sag's lieber gleich, wenn du in Zukunft allein ins Jugendzentrum gehen willst!«
Kat: »Ach Quatsch! Erst war ich superwütend, dass du einfach abgehauen bist, aber dann war ich nicht mehr so wütend.«
Ich: »Warum?«
Kat: »Weil ich, während ich nach dir gesucht habe, einen Typen kennengelernt habe!«
Als Kat das sagt, spüre ich, wie mir das Herz aus der Brust gerissen wird, gegen meine Zimmerwand knallt, an der gegenüberliegenden Wand abprallt, aus dem Fenster fliegt, auf die Straße fällt und von einem 40-Tonner plattgefahren wird. Mein erster Gedanke ist, dass sie Pseudo-Ryan getroffen und mit ihrer Tanzshow sein Herz erobert hat (und nicht mit einem Haufen idiotischer Versprecher!).
Ich: »Ach ja? Wen denn?«
Kat: »Jean-Luc Hammond.«
Ich: »Hammond?«

Kat: »Seine nahen Freunde nennen ihn Ham.«
Ich: »Und ihr seid euch ... nahegekommen?
Kat: »Ähm ... nein. Noch nicht.« (Sie hat tatsächlich »noch nicht« gesagt!!!)
Ich: »Äh ... wie sieht er denn aus?«
Kat: »Er ist megasüß! Süß auf die Art braune Haare, braune Augen, rotes T-Shirt ...«
Ich: »Ah! Er sieht nicht so aus wie Ryan Sheckler?«
Kat: »Nein! Überhaupt nicht!«
Ich: »Es ist nicht der Typ mit der Tampon-Flöte?«
Kat: »So ein Blödsinn! Ich hätte mir doch nicht einen Typen ausgesucht, für den du dich interessierst! Für wen hältst du mich?«
Ich: »Hey! Der interessiert mich überhaupt nicht, der Typ mit der Tampon-Flöte. Übrigens heißt er ›Pseudo-Ryan‹!«
Kat: »Wie, ›Pseudo-Ryan‹?«
Ich: »Na, der Typ mit der Tampon-Flöte, der sieht doch aus wie Ryan Sheckler, oder nicht?«
Kat: »Häh? Wo sieht der denn aus wie Ryan Sheckler?!?«
Ich: »Du kennst Ryan Sheckler doch gar nicht!«
Kat: »Also, ich kenne ihn gut genug, um sagen zu können, dass der Typ mit der Tampon-Flöte so viel Ähnlichkeit mit Ryan Sheckler hat, wie Monsieur Beaulieu mit Johnny Depp!«
Ich: »Jetzt komm mir nicht noch mit dem! Also, jedenfalls nennen wir ihn jetzt nicht mehr den ›Typen mit der Tampon-Flöte‹, sondern ›Pseudo-Ryan‹!«
Kat: »O.k., also, Ham ist jedenfalls nicht Pseudo-Ryan!«

Ich: »Ist ja gut!«
Der 40-Tonner hat den Rückwärtsgang eingelegt (miep miep miep miep), mein Herz ist wieder zum Fenster rein in mein Zimmer geflogen, andersherum zwischen den Wänden abgeprallt und an seinen angestammten Platz zurückgekehrt, in meine Brust.

20:55
Ich habe das Gespräch beendet und Kat gesagt, dass ich »Ham« für einen wirklich saublöden Spitznamen hielt, der in meinen Ohren nach einem extremen Blödmann klang. Kat hat gesagt, dass sie mir da zustimme, aber wenn ich den Typen sehen würde – der anscheinend NULL Ähnlichkeit mit David Desrosiers hat –, würde ich dem Namen einen gewissen Reiz abgewinnen (nicht wegen des Namens, sondern wegen seines Trägers).

22:00
Wauerdellen-Kuschelwopf! Oh Mann!

22:03
Kauerwellen-Wuschelzopf! Aaaaaaah! Ich bin so blöd!

22:05
Kauerdellen-Duschelwopf???

22:07
HAHAHA! HAHAHA! HAHAHA! HAHAHA! HAHAHA! HAHAHA!

22:10
Warum hatte ich bloß das Gefühl, mein Herz würde von einem 40-Tonner überrollt, als Kat sagte, sie hätte einen Jungen kennengelernt? Und warum habe ich sofort gedacht, es müsse sich um Pseudo-Ryan handeln?

22:15
Puuuuh! Jungs gehen mir auf den Wecker. Daran wird sich nichts ändern. Das 40-Tonner-Gefühl liegt nur daran, dass ich mich vor ihm total lächerlich gemacht habe, das ist alles! Und wenn Kat mit ihm zusammenkommen würde, wäre ich gezwungen, sehr oft jemanden zu sehen, vor dem ich mich total lächerlich gemacht habe. Das ist alles!

22:25
Kauerdellen-Duschelwopf! HAHAHA! HAHAHA! HAHAHA! HAHAHA! HAHAHA! HAHAHA! HAHAHA! Nicht zu fassen!

22:30
Meine Mutter (aus ihrem Zimmer): »Amélie! Liest du immer noch deine Mangas? Du hast morgen Schule!«
Ich (ganz leise): »Hihihi hihihi.«

23:00
DAU-ER-WEL-LE. WU-SCHEL-KOPF. Ist doch eigentlich ganz einfach!!!!!!!!!!!!!!!

Donnerstag, 6. Oktober

Kat meint, wenn wir in einem Film wären, würde ich nicht verhindern wollen, dass meine Mutter einen Mann kennenlernt. Im Gegenteil, ich würde alles tun, um ihr dabei zu helfen. Auf meine Nachfrage fiel Kat dann aber nur ein Film ein, *The Perfect Man*, mit Hilary Duff.
Ich habe ihr geantwortet, wenn wir in einem Film wären, wäre ich immer super geschminkt, würde schöne Unterwäsche tragen und mein Vater wäre WIRKLICH ein Außerirdischer, der mich eines Tages abholen würde. Leider konnte ich ihr kein anderes Filmbeispiel nennen als *E.T. – Der Außerirdische*. Darauf erwiderte Kat, wenn ich mich mit so einem Mist identifizieren würde, wäre das MEIN Problem. Was ich echt ein bisschen übertrieben fand!

20:30

Ich habe Kat noch mal angerufen, um mich über unsere lausigen Filmkenntnisse zu beklagen. Sie hat mir zugestimmt. Wir werden uns jede Menge Filme ausleihen, um zu echten Filmexpertinnen zu werden.

Freitag, 7. Oktober

Mist! (Kein Zusammenhang mit *E.T.*!)
Ich bin in eine echt blöde Situation geraten, die ich liebend gern vermieden hätte. Ich war bei Kat. Nach dem Essen wollten wir in ihr Zimmer gehen und über wichtige Dinge reden (zum Beispiel über Ham, Kats neues Lieblingsthema). Aber das haben uns Kats Eltern, die nach dem Essen in Ruhe ein Glas Wein trinken wollten, so richtig vermasselt. Ihr Vater fragte:
»Kat, spielst du mit deiner Schwester?«
Kat antwortete:
»Och, Papa, eigentlich wollten wir unter uns sein.«
Daraufhin sagte ihr Vater (und brachte mich damit in die blöde Lage):
»Was ist mit dir, Amélie, macht es dir was aus, mit Julianne zu spielen?«
Schluck. Ich hatte das Gefühl, ich wäre im Film *Matrix* und die Zeit wäre gerade stehen geblieben. Kat beobachtete mich von der Seite. Kats Eltern blickten mich erwartungsvoll an, mit ihren Weingläsern in den Händen. Julianne ist zehn. Sie ist ganz in Ordnung, aber sie ist erst in der vierten Klasse und das ist einfach eine andere Welt. Wenn sie wenigstens in der sechsten Klasse wäre, könnten wir vielleicht etwas mehr miteinander anfangen. Aber

sie ist noch ein Kind! Und wir können nicht wirklich über unsere Geheimnisse sprechen, wenn sie dabei ist, da man ihr nicht vertrauen kann. Das letzte Mal, dass Kat ihr ein Geheimnis verraten hat, war in der sechsten Klasse. Wir waren auf einer Party bei unserem Mitschüler Louis gewesen und hatten »Wahrheit oder Pflicht« gespielt. Julianne hat alles gepetzt! Die Folge: Kat durfte für den Rest des Jahres auf keine Party mehr gehen. Das fand ich etwas übertrieben von ihren Eltern, konnte dadurch aber auch den aufbrausenden Charakter meiner Freundin besser verstehen.
Aller Augen waren jetzt auf mich gerichtet. Kat ist meine allerbeste Freundin! Wenn ich vor ihren Eltern einen Fehler machte, könnten sie in ihrer extremen Art dafür sorgen, dass ich mich nicht mehr mit Kat treffen darf, weil sie vielleicht denken, dass ich kein guter Umgang bin. Da mir die letzten Wochen gezeigt haben, wie mein Leben ohne Kat aussehen würde, antwortete ich, wie es jeder an meiner Stelle getan hätte:
»Das macht mir überhaupt nichts aus. Julianne ist total süüüüüüüß!« (Ich gebe zu, dass ich es mit dem »süß« etwas übertrieben habe.)

19:34

Seit einer halben Stunde fetzt sich Kat mit ihrer Schwester und ich komme mir total überflüssig vor. Währenddessen spiele ich mit Caprice, ihrem karamellfarbenen Hamster, der in ihrer Familie die Rolle des Alibi-Haustiers hat.

Kat: »Kannst du dir keine eigenen Freunde suchen? Musst du immer wie ein Parasit an meinen kleben?«
Ich: »Ist doch nicht so schlimm, Kat, wir können doch ...«
Julianne: »Deine Freunde sind doch nur deine Freunde, weil sie sich selbst keine anderen Freunde suchen können!« (Äh ... spricht sie da von mir??)
Ich: »O.k., Mädels, ich geh dann mal ...«
Kat: »Siehst du, was du angerichtet hast?«
Kats Vater (aus dem Wohnzimmer): »Ihr streitet doch nicht?«
Kat: »Nein, haben uns lieb!«
Julianne: »Wir spielen!«

20:30

Als ich ging, waren Kat und Julianne gerade dabei, sich an den Haaren zu ziehen, und Kats Vater (der für diesen vermasselten Abend verantwortlich war) sagte zu mir, wir hätten ja einen Mordsspaß miteinander (er sagte wirklich »Mordsspaß«). Ich lächelte, aber am liebsten hätte ich gebrüllt: »Du hast mir den Freitagabend mit meiner besten Freundin versaut und ich musste den ganzen Abend mit einem Hamster spielen!!!!!!!!!!!!!!!!!!«

20:45

Nicht, dass ich Hamster nicht mag. Aber die Zahl der Dinge, die man mit ihnen machen kann, ist ziemlich begrenzt.

21:00

Ich habe eine Liste erstellt, mit den Vor- und Nachteilen, die es mit sich bringt, einen Vater auf der Erde oder einen Vater auf einem anderen Planeten zu haben (oder an einem anderen plausiblen Aufenthaltsort).

Vorteile, einen Vater auf einem anderen Planeten zu haben:

- Er kann einen nicht zwingen, mit der kleinen Schwester zu spielen (wenn man eine hat).
- Er kann einem nicht den Abend mit der besten Freundin versauen.
- Er kriegt nichts von peinlichen Sachen mit.
- Er kann nicht mit einem schimpfen.
- Deine Mutter kann niemals sagen: »Wenn du das und das machst, muss ich mit deinem Vater darüber sprechen.«

Vorteile, einen Vater zu haben, der auf demselben Planeten wohnt wie man selbst:

- Einen Vater zu haben.
- ...
- ...

21:12

Ich gehe zum Zimmer meiner Mutter, öffne die Tür einen Spalt und sehe sie in ihrem Bett liegen und einen mega*retro* Film im Fernsehen gucken, *Grease 2*. Sie hat die Haare zusammengebunden und ihre Brille auf. Um

sie herum liegen eine Menge Zeitschriften und sie feilt sich die Nägel. (Echt mal, total eklig, sich im Bett die Nägel zu feilen!) Als sie mich sieht, sagt sie:
»Was ist los, meine Süße?«
Ich: »Nichts.«
Meine Mutter: »Willst du wieder bei mir schlafen?«
Ich: »Nein.«
Sie breitet die Arme aus, winkt mich zu sich und ich setze mich zu ihr aufs Bett. Sie verrät mir, dass *Grease 2* früher ihr Lieblingsfilm war. Erst finde ich ihn ziemlich kitschig, aber dann ist er doch gar nicht so schlecht.

Samstag, 8. Oktober

Was für eine Horror-Nacht! Wegen meiner neuen Gespenster-Phobie habe ich ewig wachgelegen. Ich bin erst um drei Uhr morgens eingeschlafen. (Glaube ich zumindest, aber das ließe sich nur überprüfen, wenn ich gefilmt worden wäre, wie in einer Reality-Show oder so, und das ist nicht der Fall.) Und dann hat Kat mich auch noch superfrüh geweckt. Sie hat angerufen, um mir mitzuteilen, dass sie heute ganz allein ins Jugendzentrum gehen will, um Ham wiederzusehen. Soll sie doch allein gehen, wenn sie mich wenigstens ausschlafen lässt!

8:54

Kat hat noch mal angerufen, um mir zu sagen, dass ihr Plan, allein ins Jugendzentrum zu gehen, doch nicht so toll ist. Sie muss zwar allein dort auftauchen (damit Ham Gelegenheit hat, sie anzusprechen), aber dann muss ich dazustoßen (damit sie nicht wie eine totale Einzelgängerin wirkt, da sie ja schon letztes Mal, als sie ihn getroffen hat, allein war). Ich soll sie fragen, ob sie mit shoppen kommt (damit sie wie ein *stylishes Girl* rüberkommt) und darauf wird sie Nein antworten (damit sie nicht oberflächlich wirkt). Na toll! Und wie komme ich dabei rüber? Laut Kat ist das nicht so wichtig, weil es ja darum geht, dass *sie* sich ins rechte Licht rückt. Wenn ich sie auch mal für so was bräuchte, wäre sie sofort dabei, ohne erst lange rumzuheulen. (Allein schon die Tatsache, dass sie sagt, sie würde mir helfen »ohne rumzuheulen«, ist ganz offensichtlich Manipulation, das habe ich gemerkt, obwohl ich hundemüde war!)
Wir haben eine Stunde lang telefoniert, um den Plan perfekt zu machen. Kat ist echt aufgeregt, so habe ich sie noch nie erlebt! Nicht mal, als wir zum Simple Plan Konzert gegangen sind! (Na gut, beim Konzert haben wir wie die Irren gekreischt, also abzüglich des Geschreischs.)

9:30

Vielleicht werde ich Pseudo-Ryan wiedersehen?

9:31

Wenn das der Fall ist, muss ich ihm klarmachen, dass ich

nicht so komplett bescheuert bin, wie er jetzt denken muss!

9:45
Wenn ich irgendjemanden mit Dauerwelle oder Wuschelkopf sehe, muss ich sagen: »He, sieh mal, die Dauerwelle! He, guck mal, der Wuschelkopf!« Und er wird finden, dass ich diese Wörter sehr viel besser ausspreche.

10:00
Ich darf auf keinen Fall von Dauerwellen und Wuschelköpfen sprechen, das ist eine saublöde Idee!!! Es wird so wirken, als hätte ich die ganze Zeit über daran gedacht, dabei muss ich locker wirken, als wäre es mega-hipp zu sagen: »Hey, das Mädchen hat ja ’ne Wauerdelle!«

10:13
Es ist völlig unmöglich, dass irgendjemand, der auch nur halbwegs intelligent ist, »Wauerdelle« für einen coolen neuen Ausdruck hält. Ich muss unbedingt einen Weg finden, um mit Pseudo-Ryan zu sprechen, damit er sieht, dass ich ganz normal bin. Und cool.

10:15
Ich betrachte mich im Spiegel und versuche zu beurteilen, wie ich aussehe, wenn ich »Hallo« sage, oder »Hi« oder »Hey« oder »Guten Tag«. Ich finde mein Gesicht am schönsten, wenn ich »Guten Tag« sage, aber wer sagt schon »Guten Tag«? Und wenn ich »Hey« sage, wirkt

das so Möchtegern. Außerdem ist das nicht meine Sprache, ich bin keine, zu der ein lässiges »Hey« passt. »Hallo« und »Hi« kann man natürlich auch noch ganz anders betonen. Gut gefallen hat mir, wie Michelle Pfeiffer in *Grease 2* gestern »Hallo« gesagt hat, das war *sexy*. Ich probiere es mal aus: »Hallo.« »Hallo, Johnny.« Das »Johnny« funktioniert nicht wirklich. Vor allem, weil ich keinen Johnny kenne. Abgesehen von Johnny Depp. Wenn ich ihm eines Tages über den Weg laufe, werde ich mit Sicherheit »Hallo, Johnny!« sagen, wie die Synchronstimme von Michelle Pfeiffer. Ich möchte Kat nicht um Rat fragen, weil sie dann denken würde, dass ich in Pseudo-Ryan verknallt bin und das stimmt nicht! Ich will mich nur einfach nicht noch mal vor ihm blamieren. Es stört mich gar nicht so sehr, dass er mich für die größte Idiotin der Welt hält, aber ich muss meine Würde wahren. Das ginge mir bei jedem anderen genauso, sogar bei jemand Superhässlichem. Nicht, dass Pseudo-Ryan megasüß wäre, aber er sieht echt nicht schlecht aus. Er ist sozusagen der am wenigsten schlecht aussehende Junge, den ich kenne. O.k., ich *kenne* ihn nicht wirklich, ich kenne nicht mal seinen Namen, aber wenn ich ihn eines Tages *in echt* kennenlerne, wird er der coolste Typ sein, den ich kenne (zumindest was das Aussehen angeht).

11:30

»Hi« ist die beste Wahl. Vor allem, wenn ich es ein bisschen überrascht ausspreche, mit leicht hochgezogenen Augenbrauen. Erst ziehe ich die Brauen zusammen, wie um zu sagen: »Hmm, kommt mir vor, als hätte ich dich schon mal irgendwo gesehen.« Dann ziehe ich sie überrascht nach oben und sage schließlich ein nicht allzu überraschtes, lässiges »Hi«.

13:45

Um diese Zeit bin ich mit Kat im Jugendzentrum verabredet. Ich soll reingehen, nach ihr Ausschau halten, als wäre sie das achte Weltwunder und sie fragen, ob sie mit mir shoppen kommt, damit sie mich in Sachen Mode und Styling berät. (Es soll so wirken, als wäre sie die absolute Expertin in diesen Dingen. Kat träumt schon davon, dass Ham so was sagt wie: »Cool, alle deine Freundinnen bitten dich um Styling-Tipps!«, was dann so viel heißen würde wie »Du siehst echt klasse aus!«)
Ich komme ins Jugendzentrum und bin gleich voll in meiner Rolle. Ich tue so, als wäre ich außer Atem, weil ich die ganze Stadt nach Kat abgesucht habe. Dann sehe ich sie. Sie unterhält sich mit einem Typen.
Ich: »Aaaah! Kat (keuch, keuch)! Ich habe dich überall gesuuuuuucht (keuch, keuch)! Du musst unbedingt mit mir shoppen gehen!«
Kat: »O.k.«

14:00

Der Typ, mit dem sich Kat unterhalten hat, ist nicht Ham. Ham spielt gerade *Star Wars* und scheint sich nicht weiter um Kat zu kümmern. Wir brauchen also einen neuen Plan.

14:15
Der Automat, an dem Ham spielt, steht in einer Ecke. Man kann also nicht mal eben dran vorbeigehen, das wäre ziemlich auffällig. Ich habe Kat gesagt, sie soll einfach hingehen und »Hallo« sagen. Sie entgegnete, das würde viel zu konstruiert wirken, einfach hinzugehen und »Hallo« zu sagen. (Was mich darin bestätigte, dass »Hi« die richtige Wahl wäre, sollte ich jemals wieder Pseudo-Ryan über den Weg laufen.)

15:00
Wir hatten keine Zeit, uns einen neuen Plan zu überlegen. Ham ist einfach zu Kat rübergekommen, und seitdem redet sie mit ihm. Sie macht mir Zeichen, um zu signalisieren, dass ich jetzt zu Plan A zurückkehren soll: Sie anzuflehen, mit mir shoppen zu gehen, um raushängen zu lassen, was für ein cooles und beliebtes Mädchen sie ist. Wenn ich das jetzt mache wie besprochen, hätte ich wenigstens fürs Erste meine Ruhe und könnte gleich hier verschwinden. Dass ich trotz Kats eindeutigen Blicken (Ham muss denken, sie habe einen nervösen Tick oder so) noch zögere, liegt daran, dass Pseudo-Ryan ja noch vorbeikommen und ich dann meinen eigenen Plan in die Tat umsetzen könnte. Aber ich bin bereits eine ganze Weile hier und er ist immer noch nicht da. Wahrscheinlich kommt er auch gar nicht mehr. Ich geselle mich also zu Kat und Ham.
Ich: »He Kat, ist doch echt nichts los hier. Kommst du mit mir shoppen?«

Kat (mit einer seltsamen Stimme): »Ooooch, shoppen, das ist doch so was von oberflächlich!«
Ham: »Ach was, geht doch! Wir sehen uns morgen, falls du dann wieder hier bist.«

15:02

Kat war völlig außer sich! Sie meinte, ich hätte alles vermasselt! Sie meinte, ich hätte total genervt gewirkt, und Ham – der außergewöhnlich sensibel sei – habe sich nicht zwischen uns drängen wollen. Während sie mich wütend beschuldigte, ihren großartigen Plan verdorben zu haben, sah ich Pseudo-Ryan. Als er zur Tür hereinkam, wusste ich sofort, dass er es war, obwohl er im Gegenlicht stand. Er hatte ein Skateboard unterm Arm und seine Haare schauten verstrubbelt unter seiner Mütze hervor. Ich hatte das Gefühl, ich würde gleich in Ohnmacht fallen! Es kam mir vor, als bewege er sich in Zeitlupe (was wirklich merkwürdig ist, technisch jedenfalls unmöglich). Er kam auf mich zu, sah mich aber offenbar nicht. Ich versuchte »Hi« zu sagen, doch ich verschluckte mich an meiner eigenen Spucke und statt »Hi« kam »A-i« heraus, in der Stimme Marge Simpsons, gefolgt von ersticktem Husten.
Kat: »Alles klar, Am?«
Ich: »Hust, hust, hust.« (Zehn Minuten lang, mit herausquellenden Augen und lilafarbenem Gesicht.)
Pseudo-Ryan hat mich gesehen, mir zugelächelt und dann grüßend die Hand gehoben. Jedenfalls hat Kat das gesagt. Ich selbst habe mich nicht mehr getraut, aufzu-

schauen. Das war hoffentlich das allerletzte Mal, dass ich ihm begegnet bin!!! Irgendwann ist es echt genug! Ich habe beschlossen, dass dieser Horror-Hustenanfall meine letzte Peinlichkeit vor Pseudo-Ryan war. Ich habe Kat klargemacht, dass sie nicht weiter auf mich zählen kann, um einen *Typen aufzureißen*, weil ich nie wieder einen Fuß in dieses, noch in irgendein anderes Jugendzentrum setzen werde, noch in einen Skatepark, noch an irgendeinen anderen Ort – abgesehen von meinem Zimmer und der Schule, weil ich dazu leider verpflichtet bin. Wenn ich könnte, würde ich mich umgehend nach Tombuktu verschiffen lassen!

To do: Auf Google Earth nachschauen, wo Tombuktu liegt (und ob es wirklich so geschrieben wird).

19:30

Kat ruft seit einer halben Stunde immer wieder an und täuscht fürchterliche Hustenanfälle vor. Dann prustet sie los und ich lege auf. Das letzte Mal habe ich ihr gedroht, wenn sie nicht aufhört, würde ich Ham sagen, dass sie ihn toll findet. Kat entgegnete unter erneutem Prusten: »Wie willst du das denn machen, wenn du dein Zimmer nie wieder verlässt?«

Haha. Sehr lustig.

20:00

Zusammenfassung meines Lebens: Ich wurde geboren. Vierzehn Jahre später verlor ich die Fähigkeit, normal zu sprechen. Das ist eigentlich alles.

Eine andere mehr oder weniger plausible Erklärung: Ich verwandele mich gerade in eine Außerirdische.

Montag, 10. Oktober

Ich bin eine Außerirdische! Und mein Planet wächst auf meinem Kinn! Ein Pickel in der Größe Saturns (zum Glück ohne die Ringe – puh!).
Ich frage meine Mutter, ob sie irgendeinen Trick kennt, wie ich den Pickel verschwinden lassen kann. Ihr Rat: »Schmier bloß nichts darauf, das macht es nur noch schlimmer.«
Meine Mutter hat echt keine Ahnung vom Leben einer Vierzehnjährigen! Noch schlimmer ist nur, mit dem Pickel in die Schule zu gehen. Alle werden mich anstarren und Kat wird sagen, obwohl sie meine beste Freundin ist: »Du hättest den Pickel abdecken sollen!« Was ja nur logisch ist. Wenn man einen Pickel hat, versteckt man ihn unter Make-up, so einfach ist das.
Ich habe meiner Mutter also eine richtige Szene gemacht

(das war vielleicht etwas übertrieben), und sie hat mir schließlich ihr Make-up gegeben. Dummerweise ist es nach zehn Minuten getrocknet, und zurück blieb der große rote Pickel mit einem kleinen Klecks Make-up oben drauf. Sehr hässlich.

8:25
Sobald ich Kat sehe, sagt sie: »Du hättest den Pickel abdecken sollen.«
Oh, Mann!

10:25
Mathe.
Ich habe ziemliche Schwierigkeiten, den Worten unserer Lehrerin zu folgen. Kat schickt mir ununterbrochen kleine Zettelchen mit Kommentaren zu Ham. Irgendwann sieht das Madame Gagnon natürlich und fängt die Nachricht ab. Ich sage mir, dass das nicht weiter schlimm ist, da es ja die ganze Zeit sowieso nur um Ham geht. Madame Gagnon liest Kats Zettel der ganzen Klasse laut vor:
»Amélie, Ham ist echt total süß«, (alles o.k. so weit) *»du musst mir unbedingt helfen, ihn wiederzusehen! Komm mit ins Jugendzentrum.«* (Wie erwartet, es geht nur um Ham.) *»Vielleicht siehst du ja auch deinen Pseudo-Ryan-Sheckler wieder.«* (Oh, Scheiße!) *»Du kannst mir erzählen, was du willst, ich weiß, dass du auf ihn stehst! Und das mit deinem Pickel ist nicht so schlimm, den sieht man fast gar nicht … Jedenfalls nicht so schlimm, wie beim »Hi«-Sagen zu ersti-*

cken oder eine Freundin zu haben, die einen Tampon als Flöte ausgibt!«
Ich verspüre starke Übelkeit und sage:
»Haha. Das ist Geheimsprache.« (Oh Mann! *Haha. Das ist Geheimsprache!*)

Ich fühle mich, als würde mein Gesicht in Flammen stehen und langsam auf den Tisch tropfen. (Ja, echt ekelhaft, so *Das-Schweigen-der-Lämmer*-mäßig.)

16:00

Kat und ich sind zu Monsieur Beaulieu ins Büro geschickt worden. Er hat uns zwei Minuten lang schweigend und mit ratloser Miene angesehen. Dann hat er erklärt, dass wir uns im Matheunterricht keine Botschaften zuschicken dürfen. Wenn das noch einmal vorkommen sollte, würden uns fünf Punkte von der nächsten Mathearbeit abgezogen.
Ich finde diese Strafe ja wenig mathematisch und total unlogisch. Wenn Kat und ich uns in aller Stille Nachrichten schicken und trotzdem eine gute Mathearbeit schreiben, dann heißt das doch, dass unsere Gehirne Multitaskingfähig sind. Das macht uns zu hochbegabten Schülerinnen, und diese sollten doch eigentlich gefördert werden! Eine Klassenarbeit sollte unsere intellektuelle Leistung widerspiegeln und nicht unsere Fähigkeit, in der Stunde *keine* Nachrichten zu schreiben. Außerdem ist Kommunikation in unserer Gesellschaft sehr wichtig, spielt aber auf dem Lehrplan keine große Rolle. Das ist

zumindest meine Meinung. Als ich versucht habe, sie Monsieur Beaulieu auseinanderzusetzen, hat er mich angesehen, als wäre ich durchsichtig. (Ich denke, wenn man jemanden ansieht, der durchsichtig ist, ist man etwas überrascht, und genau so sah er aus.) Jedenfalls hielt er es für ratsam, nichts auf meine letzte Äußerung zu erwidern.

16:10

Monsieur Beaulieu: »Amélie Laflamme, ich finde, du wirst etwas zu oft in mein Büro geschickt.«

Ich (die es überhaupt nicht leiden kann, wenn man meinen vollständigen Namen sagt, weil das so streng klingt): »Das ist nicht meine Schuld.« (Und in Gedanken: »Und ich habe außerdem auch keinen Bock darauf, zu Ihnen geschickt zu werden, genauso wenig wie darauf, dass Sie demnächst bei uns einziehen!«)

Kat: »Dieses Mal war es wirklich meine Schuld, ich habe Amélie diese Nachricht ...« (Ich starre Kat durchdringend an, damit sie »Geheimsprache« von meinen Lippen abliest.) »diese Nachricht ... äh ... in Geheimsprache geschickt.« (Ein Hoch auf meine Telepathiekünste, jetzt sind sie ein für alle Mal bewiesen!)

Monsieur Beaulieu: »Also, meine Damen, ich verstehe ja so ungefähr, was es heißt, jung zu sein. Was ihr euch geschrieben habt, interessiert mich absolut nicht. (Uff!) Ich verlange nur, dass ihr euch etwas mehr auf den Unterricht konzentriert. Ihr seid zwei intelligente Mädchen, aber mir scheint, ihr habt seit letztem Jahr ein paar schlechte Gewohnheiten angenommen. Gibt es etwas, das euch gegen den Strich geht? Etwas, worüber ihr mit mir sprechen wollt? Vielleicht habt ihr ja einen Vorschlag, wie sich der Unterricht besser gestalten ließe, damit ihr wieder mehr Lust zum Lernen bekommt?«

Kat und ich sehen uns wortlos an. Wir haben keine Ahnung, worauf er hinauswill.

Kat: »Ähm ... es wäre vielleicht nicht schlecht, wenn es auch Jungs auf der Schule gäbe ...«

Ich starre Kat an und kann nicht glauben, dass sie das gerade gesagt hat! Wenn es Jungs auf der Schule gäbe, wäre ich niemals mit einem Mega-Pickel, der auf einer Linie mit meiner Nase liegt und sogar im Profil sichtbar ist, hier aufgekreuzt. Echt mal, was für ein idiotischer Vorschlag!

Monsieur Beaulieu: »Man ist nicht in der Schule, um zu flirten, sondern um zu lernen!«

Ich: »Ha! Da bin ich ganz Ihrer Meinung, Monsieur Beaulieu! Das gilt für Schüler wie für Lehrer und natürlich auch für die Eltern.«

Monsieur Beaulieu wirft mir einen verblüfften Blick zu.

Was ich ihm eigentlich gerne gesagt hätte: »Es gibt nichts, was ich an meiner Schule ändern möchte, ich finde sie nämlich perfekt.« Es wäre schön, wenn mein Pickel gleichzeitig als Stummtaste funktionieren würde.

18:25

Meine Mutter ist etwas später als sonst von der Arbeit gekommen. Sie musste heute eine Präsentation halten.

Sie hat die Schaubilder mitgebracht, die sie bei der Präsentation verwendet hat und mir erklärt, worum es ging. Ich habe nichts verstanden. Irgendwas mit Marketing. Jedenfalls sahen die Bilder auf ihren Postern aus, als wären sie von Kindergartenkindern gemalt worden.
Meine Mutter ist echt hübsch. Sie hat blonde lockige Haare, die sie meistens hochsteckt, und wenn sie von der Arbeit kommt, hat sie schicke Klamotten an. Heute trägt sie eine beige Hose und einen weißen Rollkragenpullover. Alles an ihr ist klein: sie hat eine kleine Nase, kleine Augen, einen kleinen Mund. Nur ihre Beine sind lang. Das ist übrigens unsere einzige Ähnlichkeit. Früher habe ich manchmal gedacht, ich wäre adoptiert, weil ich ihr überhaupt nicht ähnlich sehe. Ich habe glatte braune Haare und man müsste mich echt gut bezahlen, damit ich schicke Klamotten trage! Es könnte natürlich auch sein (aber das würde mich schon sehr wundern!), dass meine Mutter Dauerwelle und gefärbte Haare hat.
Während sie mir ihre Präsentation erläutert (die mich nach einem langen Schultag nur mittelmäßig interessiert), schaue ich meine Mutter an und stelle mir vor, wie sie mit Monsieur Beaulieu ausgeht. Ich kann schon verstehen, was er an meiner Mutter findet. Sie ist die schönste Mutter auf dem ganzen Planeten!
Aber ich kann absolut nicht verstehen, was sie an *ihm* findet. Er riecht nach Aftershave! Das ist ekelhaft! Aftershave ist zweifellos ein Produkt, das auf den Markt gebracht wurde, noch bevor es richtig ausgereift war. Ich verstehe echt nicht, warum Männer Aftershave benutzen.

Es stinkt! Es ist so aufdringlich, dass es vermutlich dazu dient, üblen Körpergeruch oder schlechten Atem zu überdecken und nicht, sich wohlduftendes Parfum auf die Wangen zu tupfen. Weil es keine Zahncreme gibt, die stark genug für Männer ist, wurde das Aftershave erfunden, das all ihre anderen Körpergerüche in Schach hält. Mein Vater hat keins benutzt. Er hat immer gut gerochen.

Na gut, es gibt keinen Beweis, dass zwischen meiner Mutter und Monsieur Beaulieu etwas läuft, und es bringt nichts, Vermutungen anzustellen. Aber wenn sie je mit ihm ausgehen sollte, werde ich sie vorwarnen, dass ich mich niemals näher als einen Meter an ihn heranwagen werde! (Was in etwa der Entfernung entspricht, die zwischen uns liegt, wenn ich in seinem Büro bin, weil ich wieder etwas ausgefressen habe.)

19:35

Meine Mutter (während sie ihre Poster wegräumt): »Also, was hältst du davon?«
Ich: »Es stinkt!«
Meine Mutter: »So schlimm?«
Ich: »Ach so, du meinst deine Präsentation, entschuldige. Ich habe gerade an Aftershave gedacht. Du bist echt überzeugend! Aber nicht sehr begabt im Zeichnen.«
Meine Mutter: »Mein Chef fand es jedenfalls super!«
Ich: »Cool.«
Meine Mutter (mit einem Blick zur Küche): »Amélie, ich

möchte, dass du dein Geschirr wegräumst, wenn du mit dem Essen fertig bist. Das ist nicht schwer, du musst nur deinen Teller abspülen und in die Spülmaschine stellen.«
Ich: »Was hat das jetzt mit deiner Präsentation zu tun?«
Meine Mutter: »Möchtest du, dass ich ein paar Schaubilder mache, um dir die Vorteile von sauberem Geschirr zu erläutern?«
Ich: »Nein, nein, ist schon in Ordnung.«
Meine Mutter: »Gut, dann kannst du ja gleich loslegen.«

Meine Mutter hat echt ein Talent, vom Thema abzukommen. Das könnte einen potenziellen neuen *Freund* vielleicht abschrecken, was ganz und gar in meinem Sinne wäre!
Während ich die Spülmaschine einräume und sie ihre Poster einsammelt, lenke ich das Gespräch auf Monsieur Beaulieu.
Ich: »Heute musste ich schon wieder pseudo-nachsitzen.«
Meine Mutter: »Was heißt das, pseudo?«
Ich: »Na ja, Madame Gagnon hat mich mal wieder zu Monsieur Beaulieu ins Büro geschickt.« (Ich betone seinen Namen und beobachte dabei, wie sie reagiert, aber mir fällt nichts Besonderes auf. Vielleicht bin ich im Gedankenlesen nicht so gut. Dadurch würden meine Telepathiekünste etwas an Glaubwürdigkeit verlieren.)
Meine Mutter: »Was hast du angestellt?«
Ich: »Kat hat mir im Unterricht eine Nachricht geschrieben.«

Meine Mutter: »Ach ja, und worum ging es?«
Ich: »Ach, nichts Besonderes.«
Meine Mutter: »So, so.«
Ich: »Ich schwöre es, es war echt nichts Wichtiges!«
Meine Mutter: »Ich glaub's dir ja.«
Ich: »Und Monsieur Beaulieu hat uns nicht nachsitzen lassen, sondern uns gefragt, wie wir die Schule verbessern würden.«
Meine Mutter: »Ach! Der ist wirklich *goldig*!«

Später beim Telefonieren mit Kat:
Ich: »Und dann hat meine Mutter gesagt: ›Der ist wirklich *goldig*!‹«
Kat: »Ernsthaft? Die hat's echt erwischt!«
Ich: »Wir müssen unbedingt mehr über Monsieur Beaulieu rauskriegen. Stell dir mal vor, er ist verheiratet! Meine Mutter hätte sich jemanden ausgesucht, der seine Frau betrügt!«
Kat: »Stell dir mal vor, er ist ein Geheimagent!«
Ich: »Häh? Was soll das jetzt?«
Kat: »Könnte genauso gut sein! Auf jeden Fall sind mir die Liebhaber deiner Mutter piepegal. Mir fehlt Ham!«
Ich: »Du kennst ihn doch gar nicht!«
Kat: »Ich habe genügend Infos über ihn um zu wissen, dass er der *goldigste* Typ der Welt ist!«
Ich: »Redest du jetzt wie meine Mutter, oder meine Mutter wie du?«
Kat: »Das ist die Sprache der Liiieeebe!«
Ich: »So ein Schwachsinn!«

Kat: »Das wirst du schon noch verstehen, wenn du es endlich schaffst, zwei Sätze am Stück mit Ryan zu wechseln.«
Ich: »*Pseudo*-Ryan! Und das tut hier überhaupt nichts zur Sache.«
Kat: »Das tut es wohl, weil du total in ihn verknallt bist.«
Ich: »Das denkst *du*, und der ganze Mathekurs denkt es dank dir jetzt auch, aber es stimmt nicht!«
Kat: »Ich kenne dich, Amélie Laflamme!«
Ich: »Hör endlich auf, meinen Nachnamen zu sagen, das nervt!«
Kat: »Das sage ich gerade zum ersten Mal!«
Ich: »Ja, dann mach es halt nicht noch mal!«
Kat: »He, du bist ganz schön empfindlich, wenn es um Pseudo-Ryan geht!«
Ich: »Der ist mir total egal. Aber wenn meine Mutter sich mit Mister Aftershave zusammentut, wird mein Leben zur Hölle.«
Kat: »Mister Aftershave?«
Ich: »Findest du nicht, dass Monsieur Beaulieu nach Aftershave riecht?«
Kat: »Habe ich nicht bemerkt.«
Ich: »Du hast eben keinen sensiblen Geruchssinn.«
Kat: »Also, ich finde Monsieur Beaulieu cool. Ich glaube, er und deine Mutter würden ein hübsches Paar abgeben.«

Neeeeeeeeeiiiiiiiiiiiiiiiiin! Wenn nicht mal meine beste Freundin zu mir hält, wer dann?

Dienstag, 11. Oktober

Mein Pickel hat überirdische Ausmaße angenommen! Ich wäre nicht überrascht, darauf einen kleinen Volksstamm zu entdecken. Ich frage mich, wie Nadine aus meinem Französischkurs es anstellt, niemals auch nur einen einzigen Pickel zu haben.
Ich beschließe, meinen Pickel auszudrücken. Als ich mich gerade im Bad vor dem Spiegel in Positur stelle, kommt meine Mutter rein und schreit:
»Was machst du denn daaaaaaaaaaaa?« (Mit einem extrem lang gezogenen »da«.)
Ich: »Ich drücke meinen Pickel aus, was denkst denn du?« (Ich glaube langsam, Kat hat recht: Alle Erwachsenen sind kurzsichtig.)
Meine Mutter: »Du darfst auf keinen Fall daran rumdrücken, sonst bekommst du noch viel mehr Pickel!«

Was soll *das* denn jetzt? Wenn ich einen Pickel habe, dann doch wohl auf MEINEM Körper, und wenn ICH beschließe, ihn auszudrücken, ist das MEINE Sache. Ich habe also gewartet, bis sie aus dem Bad ging, und dann habe ich ihn ausgedrückt.

11:01

Langsam verstehe ich, was meine Mutter damit meinte, dass man Pickel lieber nicht ausdrücken soll. Noch Stunden später kommt eine Flüssigkeit aus dem Loch an der Stelle, wo vorher der Pickel war. (Iiiiigitt!!!)

Mittags

Kat findet mich total widerlich und will nicht mit mir essen, es sei denn, ich lege mir einen Schal vors Gesicht, was essen quasi unmöglich macht.

21:00

Ich gehe ins Bett und sage mir, das Gute an diesem Tag ist, dass es keinen schlimmeren geben kann!

Mittwoch, 12. Oktober

Stimmt nicht! Es gibt noch schlimmere Tage als gestern. Heute!!!

In der Schule ist alles schiefgelaufen! Es fühlt sich so an, als hätte man mir das Gehirn eines Eichhörnchens transplantiert! Nicht, dass ich die ganze Zeit ans Klettern oder

Futtersammeln denken würde, aber ich verstehe nichts von dem, was die Lehrer erzählen. Wo wir gerade bei Lehrern sind ... es scheint, als hätten sie sich alle abgesprochen, uns Mega-Hausaufgaben aufzugeben! Ich bin total überfordert!

Hypothese: Vielleicht haben sich die Außerirdischen mit Eichhörnchen verschworen und ich bin das Versuchskaninchen in einem ultra-geheimen Experiment mit dem Decknamen »MELEG«, was für »Menschliches Leben mit Eichhörnchen-Gehirn« steht.

Aber das ist noch nicht alles. Während sich mein Pickel in eine riesige lila-rote Kruste verwandelt hat (autsch!), habe ich, tatataaa, Pseudo-Ryan getroffen.

Auf dem Heimweg von der Schule schlendern Kat und ich gemütlich durch den Park, als ich sehe, dass ER uns direkt entgegenkommt. Ich zische Kat zu, während ich dezent auf meinen Riesen-Pickel Saturn x 1000 (die Kruste) deute, dass wir so tun müssen, als wären wir total ins Gespräch vertieft und würden ihn nicht bemerken.
Kat fängt also an, von *Herr der Ringe* zu reden und die Kostüme zu analysieren. (Eigentlich tut sie nur so, weil sie in Wahrheit nicht auf die Kostüme, sondern nur auf Orlando Bloom geachtet hat.)
Pseudo-Ryan kommt immer näher und wird langsamer. Dieses Mal nicht, weil ich ihn in Zeitlupe sehe, sondern weil er wirklich langsamer geht.

Pseudo-Ryan: »Hallo!«
Ich (schlucke meine Spucke runter und hebe gleichzeitig eine Hand vor meinen Pickel): »Hallei! ...lo! ...lei! Hi.« (Warum? Warum? Waruuuuuuuuuuuuum?)
Kat: »Hi! Was Amélie sagen will ist ...«
Pseudo-Ryan: »Hallo.«
Kat: »Das hast du schon gesagt.«
Pseudo-Ryan (mit einem Lächeln): »Ich sage es für Amélie.«

Alles, was nach diesem Satz geschehen ist, habe ich nur verschwommen wahrgenommen. Ich habe an Pseudo-Ryan vorbeigeschaut und buntes Laub von einem Baum herabregnen sehen, was mich plötzlich unglaublich faszinierte. Es ist durchaus möglich, dass ich nach dem Anblick dieses Naturphänomens (dem ich nie zuvor Beachtung geschenkt habe) in Ohnmacht gefallen bin und in diesem Moment im Koma liege (Herbstlaub bringt mich offenbar total aus der Fassung).
Ich komme wieder zu mir und stelle fest, dass Kat mit mir redet.
Kat: »... dass du nicht nur keine drei Wörter, sondern keine drei *Buchstaben* zusammenbringen kannst, wenn du in seiner Nähe bist. Du bist echt dabei, dir den Preis für das kindischste Mädchen Kanadas zu verdienen!«
Ich: »Kat ... wie ist es ausgegangen?«
Kat: »Häh? Was?«
Ich: »Was ich sagen will: Wie hat er sich verabschiedet?«
Kat: »Er hat ›Ciao‹ gesagt und ist gegangen.«

Ich: »Ja, aber vor dem ›Ciao‹?«
Kat: »Er hat gesagt: ›Ich habe es für Amélie gesagt‹, du hast blöde gelächelt und ich habe gesagt: ›Woher weißt du, dass sie Amélie heißt?‹ Er hat gesagt: ›Das hast du doch gerade gesagt‹, und dann hat er gesagt: ›Ciao‹ und ist gegangen.«
Ich: »Oh, Scheiße. Und die ganze Zeit über habe ich ...«
Kat: »Blöde gelächelt.«
Ich: »Oh, Scheiße!«
Kat: »Ich habe doch gewusst, dass du in ihn verknallt bist. Ich hab's gewusst! Ich hab's gewusst! Ich hab's gewusst!«
Ich: »Überhaupt nichts hast du gewusst!«
Kat: »Ich hab's gewusst!«
Ich: »Was denn?!?«
Kat: »Du stehst auf ihn. Du stehst auf ih-hiin!«
Ich: »Ich stehe nicht auf ihn! Jungs gehen mir auf die Nerven. Ich war total abgelenkt von dem fallenden Laub. Das war superschön, das ist alles!«
Kat: »Du redest nur Blödsinn! Wenn er in deiner Nähe ist, wirst du total schwachsinnig!«
Ich: »Tja, komisch. Ich weiß auch nicht, das muss Zufall sein ...«
Kat: »Ha! Ich habe da eine Theorie! Heute Morgen habe ich in der Zeitung gelesen, dass Saturn in deinem Sternzeichen steht und in deinem Leben für Ärger sorgt.«
Ich: »Saturn steht nicht in meinem Sternzeichen, Saturn steht in meinem Gesicht!«

16:08
Wir sind zu Kat nach Hause gegangen, und während wir Nachos mit Käsedip futterten, bevor wir uns an die Hausaufgaben machten, konnte ich nur zwei Sachen denken: 1.) Mann, ist der Käsedip gut und 2.) »Ich sage es für Amélie« … »Ich sage es für Amélie«, »Ich sage es für Amélie«!, »Ich sage es für Amélie«?, »Ich sage es für Amélie« …

21:10
Ich frage mich, was er mit »Ich sage es für Amélie« sagen wollte? Hat er es gesagt, weil ich jedes Mal, wenn wir uns treffen, völlig neben mir stehe und er mir mal zeigen wollte, wie man richtig spricht (dabei hab ich mir das mit dem Eichhörnchengehirn doch nur ausgedacht!)? Oder findet er mich total uncool, und das war seine Art sarkastisch zu reagieren? Oder wollte er mir unbedingt »Hallo« sagen, damit ich begreife, dass er nicht sauer auf uns ist, obwohl wir ihm den Quatsch mit der Tamponflöte erzählt haben? Oder vielleicht weil …

21:13
Puh! Erst mal runterkommen. Ich hyperstrapaziere mich!

21:15
Vor allem, weil ich mich *eigentlich* um ganz andere Dinge kümmern müsste!

21:16
Vielleicht ist Käsedip keine gute Idee, wenn man einen Pickel hat ... (zumindest nicht, wenn man ihn direkt drauftupft? Sollte ich überprüfen).

21:16
Pseudo-Ryan sagt also »Hallo«. Hmm ...

Dienstag, 18. Oktober

Meine Mutter ist verrückt. V-E-R-R-Ü-C-K-T! Oder sie kriegt ihre Tage, denn sie ist echt unausstehlich! Nach der Arbeit ist sie mit einer Million Einkaufstüten nach Hause gekommen und hat sie auf den Boden gestellt. Dann hat sie geseufzt und mit dem Finger auf alles gedeutet, was auf dem Boden herumlag (bis auf ihre Tüten) und mich gefragt: »Wem gehört das?« Hat sie noch nicht gemerkt, dass wir in diesem Haus nur zu zweit sind?
Meine Schultasche: »Wem gehört das?« (Die haben wir zusammen gekauft.)
Mein Wollpulli: »Wem gehört das?« (Den hat mir ihre Mutter gestrickt.)
Die Nintendo-Kabel: »Wem gehört das?« (Ihr nicht!)

Das schmutzige Geschirr: »Wem gehört das?« (Ha, nicht so einfach! Ich habe es zwar benutzt, aber es gehört ihr, und es ist ganz schön hässlich!)
Nachdem sie damit fertig war, auf so ziemlich jeden Gegenstand im Haus zu zeigen (bis auf die Möbel, vermutlich weil ihr die Kreditkartenrechnung noch schmerzhaft in Erinnerung ist), hat sie gesagt, ich sei verantwortungslos und blablablablablablabla.
Das brachte mich auf andere Gedanken und fast hätte ich darüber meine Grübelei über Pseudo-Ryan vergessen, der übrigens Nicolas heißt. Komisch, ich hatte mich schon fast daran gewöhnt, ihn Pseudo-Ryan zu nennen.

Dank Kat kenne ich jetzt seinen Namen. Letzten Samstag, während ich meinen Großeltern Charbonneau einen stinklangweiligen Besuch abstatten musste, hat sie sich ihr letztes *Slush*-Eis in diesem Jahr geholt. Es ist schon ziemlich kalt draußen, aber sie steht dermaßen auf diese Wassereis-Shakes, dass sie sich selbst im Winter danach sehnt. (Es kommt sogar vor, dass sie sich eins kauft, wenn es draußen minus tausend Grad kalt ist!)
Und da hat sie ein paar Jungs gesehen, von denen einer sagte: »Hey, da ist Nic!«, und dann kam Pseudo-Ryan um die Ecke. Kat hat also kombiniert, dass er Nicolas heißt und Nic sein Spitzname ist. Eine super Spionin!
Dann wiederholte Kat, dass er ja wohl null wie Ryan Sheckler aussehe. Die einzige Gemeinsamkeit zwischen den beiden sei das Skaten. Sie fügte hinzu, dass Ryan allerdings ein Skate-Champion sei, während Nicolas

»Pseudo-Ryan« sein Talent ja bislang noch nicht unter Beweis gestellt habe. Ich entgegnete, das würde daran liegen, dass wir ihn noch nicht so oft gesehen haben, Punkt. Und dass jedes Mal, wenn wir uns getroffen haben, ich es war, die ihm mit ihren superpeinlichen Auftritten die Show gestohlen hat.

Nachdem sie sich ihr *Slush* geholt hat, ist Kat jedenfalls in einen Kiosk gegangen. Dort hat sie Ham gesehen, der in eine Kinozeitschrift vertieft war. Angeblich hat er, als er sie gesehen hat, sofort aufgehört zu lesen. (Das sagt zumindest Kat, aber es könnte auch ganz einfach daran liegen, dass der Artikel zu Ende war.)
Also ist Kat (die wirklich lässiger im Umgang mit Jungs ist als ich!) zu ihm gegangen und hat ihm einen Schluck von ihrem *Slush* angeboten. Angeblich hat er einen Schluck genommen (mit *ihrem* Strohhalm, versteht sich, denn es kommt selten vor, dass man zufällig einen Strohhalm in der Tasche hat). Dabei hat er sie die ganze Zeit angesehen und gesagt: »Oh cool, *Slush*! Danke!« Und dann hat er sie nach ihrer Nummer gefragt.
Kat sagte, wenn ich das nächste Mal Pseudo-Ryan sähe, müsste ich unbedingt den *Slush*-Trick anwenden. Laut Kat würde ich dann total lässig wirken und alle Peinlichkeiten wären vergessen.

Ich komme nicht darüber weg, dass ich nur wegen eines blöden Besuchs bei meinen Großeltern alles verpasst habe! Während Kat ihr *Slush* teilte, musste ich mir zum hundertfünfzigsten Mal anhören, wie mein Großvater einen Bären gesehen hat, wie die Sparkassendame ihm fünf »Piepen« gestohlen hat und welche Heldentaten seine Hündin Miquette vollbracht hat, die meiner Erinnerung nach nie etwas anderes getan hat als zu kläffen und zu beißen.

Noch dazu hatte meine Großmutter jede Menge kluger Ratschläge zu meinem Pickel parat. Das hat mich echt genervt, weil ich eigentlich dachte, man könne ihn kaum noch sehen (vielleicht dank des Käsedips?). Wie gerne wäre ich mit Kat unterwegs gewesen und hätte mir ein *Slush* reingezogen!

Die Anti-Pickel-Tipps meiner Großmutter Charbonneau:

- Mehrmals am Tag kalte Umschläge mit Zitronensaft machen. (Anmerkung: Vorsicht, kann zum Erblinden führen! Der einzige Trick, den ich tatsächlich ausprobiert habe. Aber als ich die Zitrone auf ein Wattepad ausdrücken wollte, ist mir der Saft ins Auge gespritzt, wodurch ich kurzzeitig nichts mehr sehen konnte und ziemliche Probleme hatte, den Umschlag richtig zu platzieren.)
- Sobald ein Pickel auftaucht, fünfzehn Minuten lang einen dünnen Streifen Tomate auflegen, dann abwaschen. (Funktioniert nur mit echten Tomaten, nicht mit Ketchup. Meine Großmutter war ziemlich geschockt über meine Nachfrage, obwohl es ein Witz war. Kein Sinn für Humor!)

- Fünfzehn Minuten lang Zahncreme einwirken lassen. (Angeblich trocknet das den Pickel aus, aber man darf auf keinen Fall vergessen, sie wieder abzuwaschen. Wer schmiert sich denn bitte Zahncreme ins Gesicht? Bäääh!)
- Urin darauf träufeln. (BÄ-Ä-Ä-H x 1000! Wie hat sie das denn bitte rausgefunden? Ich stelle mir die Verrenkungen meiner Großmutter vor, wie sie Pipi auf … Iiiiiiiiihhhhhh! Das ist absolut un-er-träg-lich!)

To do: Diesen Tipp unbedingt verdrängen.

19:50

Meine Mutter ist zu mir ins Zimmer gekommen und hat gesagt, sie würde sich wirklich wünschen, dass ich mehr im Haushalt mithelfen würde. Sie sei nicht in der Lage, sich ganz allein um alles zu kümmern, blablabla, und anderer Mütterkram, der ihr bei der Gelegenheit auch noch eingefallen ist (sie sagt immer wieder das Gleiche, das hat sie wohl von ihrem Vater).
Dieser ganze Kram, den man jeden Tag wieder von vorne machen muss, ist doch sterbenslangweilig! Ich verstehe nicht, wie sich der Abwasch so schnell ansammeln kann. An einem Tag ist alles sauber, und am nächsten, peng! schon wieder alles voll mit dreckigem Geschirr. Es ist echt ein Glück, dass meine Mutter und ich nur zu zweit sind! Ich will mir gar nicht vorstellen, wie es in einer Familie mit vier Personen ist, etwa bei Kat. (Wenn ihre Mutter auch allen rumliegenden Sachen einen Na-

men zuordnen wollte, würde das ganz schön schwierig werden!)

20:01

Eigentlich wollte ich mit Kat telefonieren, aber als ich anrief, telefonierte sie bereits auf der anderen Leitung mit Ham.

20:30

Ich bin echt froh, dass meine Mutter so unerträglich ist:
Unerträglich = single.
Singlemutter + ich = weniger Abwasch!

Donnerstag, 20. Oktober

Ich hasse *Gilmore Girls*! Die Serie hat aber auch gar nichts mit dem wahren Leben zu tun. Ich kann mich nicht erinnern, dass Lorelai schon mal zu Rory gesagt hat, sie solle aufräumen. O.k., vielleicht in einer Episode, die ich verpasst habe (was mich aber wundern würde). Lorelai redet von anderen Dingen als Haushalt und Putzen, weil sie nämlich andere Sachen zu sagen hat. Lorelai ist echt eine coole Mutter. Na ja, meine Mutter würde vermutlich sagen, dass Rory auch eine ziemlich pflegeleichte Tochter ist. *Sie* wird nicht ständig wegen irgendeines Blödsinns zum Direktor geschickt. (Heute habe ich einen Verweis gekriegt, weil meine Bluse aus dem Rock gerutscht ist: So ein Schwachsinn!!!). Rory dagegen ist perfekt.

Das Telefon klingelt. Es ist Kat.

Kat: »Am, du glaubst es nicht!«

Ich: »Findest du auch, dass Rory in *Gilmore Girls* eine unrealistische Figur ist?«

Kat: »Rory ist mir piepegal!«

Ich: »Hey, nichts gegen *Gilmore Girls*!«

Kat: »*Du* warst gerade gegen *Gilmore Girls*!«

Ich: »Ach ja, stimmt ... Aber nur, weil Rory immer so perfekt ist und nie Ärger bekommt, weil sie nicht aufräumt.«

Kat: »Rory muss nie aufräumen, weil es eine Fern-seh-sen-dung ist. Willst du weiter über *Gilmore Girls* reden, oder willst du meine News hören?«

Ich: »Meinst du, Lorelai wird Luke heiraten?«

Kat: »Ist mir scheißegal! Wir sind zu einer coolen Halloween-Party eingeladen!«

Ich: »Was? Wann?«

Kat: »An Halloween, was denkst du denn! Besser gesagt, zwei Tage vorher, am Samstag nächster Woche. Lust?«

Ich: »Bei wem?«

Kat: »Bei Philipp, einem Freund von Ham. Ich habe gerade mit ihm telefoniert und ihn gebeten, dich einzuladen. Weißt du, wer auch da sein wird?«

Ich: »Wer?«

Kat: »David Desrosiers!«
Ich: »Häh?«
Kat: »Quatsch, das war ein *Joke*! Nicolas Dubuc!«
Ich: »Wer ist das denn?«
Kat: »Pseudo-Ryan!«
Ich: »Aha.«
Kat: »Du musst gar nicht so tun, ich weiß, dass du auf ihn stehst.«
Ich: »Pfff! Absolut nicht! Also hör auf, das zu wiederholen, das nervt echt mal!«

Mir bleiben genau neun Tage, um mir ein Kostüm auszudenken. Ich werde meine Mutter um Rat fragen, aber ich fürchte, dass sie mir Aschenputtel vorschlägt oder irgendeine andere Figur, die was mit Haushalt zu tun hat!

Neues aus der Pickel-Akte:
Er ist weg. *Jippiieee!* Meine Mutter hat gesagt, ich solle mich nicht zu früh freuen, weil es mit Sicherheit nicht der letzte war. (Na, vielen Dank! Sehr ermutigend! Dafür bekommt sie Mutterpunkte abgezogen.) Sie fügte hinzu, das hätte ich sicher von meinem Vater, der hatte als Jugendlicher ganz schlimme Akne (er kannte ja auch nicht die tollen Tricks meiner Großmutter!). Aber vermutlich war das gar keine Akne, sondern irgendeine notwendige Verwandlung, um auf seinen Heimatplaneten zurückzukehren! (Hihi!)

Samstag, 22. Oktober

Kat findet, wenn ich mich als Hermine aus *Harry Potter* verkleide, sei das nicht *sexy* genug. Sie meint, ich müsse irgendwas Figurbetontes tragen. Sie hat beschlossen, als Catwoman zu gehen.

Sonntag, 23. Oktober

Jetzt ist der Krieg zwischen mir und meiner Mutter offiziell erklärt!
Heute Nachmittag ist sie in die Stadt gegangen und wir haben uns ganz kühl voneinander verabschiedet. Als sie weg war, stellte ich fest, dass im Haus ein Riesenchaos herrschte. Normalerweise fällt mir das gar nicht auf, aber in Anbetracht ihrer *Putzbesessenheit* bin ich momentan dafür sensibilisiert. Also habe ich mir Post-its geschnappt und überall im Haus angeklebt, um ihrem offenbar nicht ganz einwandfrei funktionierendem Kurzzeitgedächtnis

auf die Sprünge zu helfen und auf ihre »Wem-gehört-das?«-Fragen zu antworten.
Post-it am Sofa: »Gehört France, wird aber auch manchmal von Amélie benutzt.«
Post-it am Fleck auf dem Sofa: »Von Amélie, als sie hier mit 11 Jahren Spaghetti gegessen hat.«
Post-it an der Dose mit den Vitamin-C-Tabletten: »Gehört Amélie und France, um Grippe vorzubeugen.«
Post-it an einem Taschentuch auf dem Boden: »Nicht zuzuordnen.«

Ich habe eine große Staubflocke gefunden und beschlossen, Informationen über Staub zu googeln und ein Info-Post-it zu machen. Folgendes habe ich herausgefunden: »Staub kann aus verschiedenen Elementen entstehen, meist durch den Zersetzungsprozess von Materialien: Stofffasern, Pflanzenteilen, Blütenstaub, Erdpartikeln, Tierhaaren, abgestorbenen Hautzellen, verschiedenen Schadstoffen aus Auto- und Fabrikabgasen sowie Meteoritenstaub.« Wow! Meteoritenstaub! Echt cool!!!!!!!

Post-it neben der Staubflocke auf dem Boden: »Kann Pflanzenteile, Blütenstaub, abgestorbene Hautzellen, Schadstoffe und sogar ... Meteoritenstaub enthalten!!!!«
Post-it auf einem Teller mit einem Rest Hüttenkäse: »Gehört France, denn Amélie HASST Hüttenkäse.«
Post-it neben einem blonden, gelockten Haar auf dem Boden: »Gehört France, denn Amelie hat glatte, braune Haare, die sich meistens auf ihrem Kopf befinden.«

Post-it auf meinem Mathebuch: »Gehört Amélie, Mega-Stressfaktor.«
Das müsste sie für eine Weile ruhigstellen!

15:36
Ich habe drei Stunden gebraucht, einschließlich meiner Staub-Recherche, die ich echt interessant fand! Meteoritenstaub bei mir zu Hause! Wahnsinn!!!

15:45
Ups. Ich glaube, ich bin mit meinen Post-its doch etwas zu weit gegangen. Ich fühle mich ein bisschen schlecht und es tut mir leid. Ich habe Angst, dass das jetzt einen Riesenstreit vom Zaun bricht. Vielleicht lässt mich meine Mutter nie wieder auf eine Party gehen!

15:48
Als ich die Post-its gerade wieder einsammeln wollte, habe ich den Schlüssel im Schloss gehört und bin in mein Zimmer geflüchtet. Mein Herz schlug unglaublich schnell. Ich wollte sogar meinen Puls fühlen um sicherzugehen, dass ich keinen Herzinfarkt hatte. Dummerweise konnte ich mich nicht erinnern, wie man den Puls fühlt. Während ich an meinem Handgelenk herumtastete, ertönte ein lauter Schrei meiner Mutter, gefolgt von meinem Namen.
Ich verließ mit schlechtem Gewissen mein Zimmer und stellte fest, dass sie sich kaputtlachte. Sie lachte Tränen, während sie sorgfältig jedes meiner Post-its las. Verblüfft

ging ich zu ihr. Sie nahm mich in den Arm und sagte: »Ich habe dich so lieb!« Dann ging ihr verrücktes Lachen in Weinen über und sie fügte hinzu: »Tut mir leid, meine Süße, ich bin zurzeit etwas neben der Spur ... Ich glaube, ich bin überarbeitet.«
Das war's. Jetzt ist sie endgültig durchgedreht!

To do: Meine Post-it-Idee patentieren lassen und als pazifistisches und extrem preisgünstiges Mittel zur Friedensstiftung an alle Staatsoberhäupter verkaufen.

Montag, 24. Oktober

Ich habe das perfekte Kostüm gefunden! Ich werde mich als Cheerleader verkleiden, so wie Peyton und Brooke für die *Ravens* in *One Tree Hill.* Ich brauche nur ein blaues Röckchen und Pompons. Kat findet die Idee genial! Sie meinte sogar, wir hätten uns beide so verkleiden können. Aber schließlich (nach exakt fünfunddreißig Sekunden Bedenkzeit) sind wir zu dem Schluss gekommen, dass es besser ist, wenn jede ihren individuellen Charakter betont.
Meine Mutter meinte, wir könnten wieder Pompons aus

weißen Mülltüten basteln, wie für meinen Jazzdance-Kurs, als ich zehn war. Darauf entgegnete ich: »Ganz genau, da war ich zehn!« Echt mal! Meine Mutter hat sofort verstanden und mir versprochen, dass wir am Samstag zusammen shoppen gehen. Sie meinte, ein Cheerleader-Kostüm dürfte nicht schwer zu finden sein. Sie fügte hinzu, eine ihrer Kolleginnen hätte sich letztes Jahr Halloween auch als Cheerleader verkleidet. An der Stelle habe ich sie unterbrochen. Ich will mir doch nicht von dem Gedanken die Laune verderben lassen, ich hätte ein Kostüm für alte Damen! Meine Mutter hat gelacht. Ich finde, ihr Sinn für Humor ist trotz allem zurzeit in Hochform (vermutlich dank ihres Liebesglücks mit Monsieur Beaulieu, grrr.)

Freitag, 28. Oktober

Was für eine stressige Woche! Ich hatte überhaupt keine Zeit, an mein Halloween-Kostüm zu denken. Aber ich habe mitbekommen, dass die meisten Leute ziemlich gute Ideen haben. Nadine und Marilou (die nicht auf dieselbe Party gehen wie wir, ein Glück!) verkleiden sich als Madonna (Kat war neidisch, dass sie nicht selbst darauf gekommen ist) und Gwen Stefani. (Sie gehen auf eine Party mit dem Thema »Popstars«). Ich kann es kaum abwarten, morgen shoppen zu gehen und mir mein super Cheerleader-Kostüm zusammenzustellen!

P.S.: Seit der Post-it-Geschichte ist meine Mutter wie ausgewechselt. Sie hat DIE GANZE WOCHE LANG nicht eine Bemerkung übers Putzen gemacht!

Samstag, 29. Oktober

Heute Abend steigt die Halloween-Party.
Heute Nachmittag gehe ich mit meiner Mutter einkaufen. Aber niemand hat mich vorgewarnt: Am. Tag. Einer. Halloween-Party. Ist. Es. Unmöglich. Ein. Kostüm. Zu. Finden!!! Meine Mutter mit ihrer Lebenserfahrung hätte das doch wissen müssen!
Wir waren in mindestens fünf Kostümgeschäften. Es gibt nur noch eine grüne Monstermaske (absolut UNsexy), ein Prinzessinnenkostüm mit Reifrock und Spitzhut (megakindisch) und ein Zorro-Kostüm (viel zu unweiblich).

16:00

Ich rufe Kat vom Handy aus an.
Ich: »Muss man auf der Party auf jeden Fall verkleidet sein?«
Kat: »Ja.«
Ich: »Ah.«
Kat: »Warum?«
Ich: »Nur so.«

16:15

Aus lauter Verzweiflung entscheide ich mich für Zorro. Wenigstens steht mir der Hut.

18:30

2.945.976: So oft hat Kat gelacht, seit sie mich in meinem Zorro-Kostüm gesehen hat. Sie meinte, ich solle mir noch einen kleinen Schnurrbart schminken, um meine Aufmachung als maskierter Rächer (wohl eher als Rächer-Transvestit!) perfekt zu machen. Ich habe erwidert, das könne sie vergessen. Aber meine Mutter fand die Idee gut und hat mich mit ihrem Eyeliner verfolgt. Sie hat mich nicht gekriegt, weil sie so lachen musste. Kat hat sich buchstäblich vor Lachen auf dem Boden herumgerollt. Sie musste ihre Catwoman-Maske abnehmen, um nicht zu ersticken.

19:30

Die Party sollte schon um 19:00 starten, aber Kat und ich wollten nicht zu früh hingehen, um nicht uncool zu wir-

ken. (Wie könnte ich in meinem Transvestiten-Kostüm *nicht* uncool wirken???!!!)
Als wir bei Hams Freund Philipp ankamen, waren schon alle da. Philipp (oder seine Mutter?) hatte den ganzen Keller dekoriert. Da hatte jemand ganze Arbeit geleistet! Überall hingen Spinnennetze herum. Es gab Mumien-Cookies (mit schwarzen und orangefarbenen Smarties als Augen), zwei ausgehöhlte Kürbisse und jede Menge weiterer Dekoration, Hexen, Gespenster und so.
Ich entdeckte Nicolas, der als Skater-Zombie verkleidet war (sehr originell). Ham, in mittelalterlicher Ritterrüstung, stürzte sich sofort auf Kat. Während sie mit ihm verschwand, raunte sie mir zu: »Kauf dir ein *Slush*!« Im Rückblick denke ich, dass das metaphorisch gemeint war oder einfach als Anspielung auf ihr persönliches Glück. Aber in dem Moment nahm ich sie beim Wort. Während Nicolas auf mich zusteuerte, verließ ich eilig Philipps Haus, um mich zum nächsten Kiosk zu begeben. Ich dachte, es sei eine gute Idee, mit einem *Slush* zu retten, was noch zu retten war.

19:45

Der Typ im Kiosk fuhr voll auf mein Kostüm ab. Während im Hintergrund das Radio dudelte, sagte er zu mir: »Wow, cooles Kostüm!« Fünfzehn Jahre später heirateten wir. Hahaha! Scherz!
Ich nahm einen blauen Himbeer-*Slush*. (Blaue Himbeeren kommen in der Natur zwar nicht vor, aber wen interessiert's, das ist wirklich die beste Sorte!)

20:00

Zurück bei Philipp, waren alle Lichter runtergedimmt. Ich hätte nicht gedacht, dass ich so lange weg war. Etwas verunsichert öffnete ich die Tür. Gerade lief der Song *You will be loved* von Maroon 5. Als sich meine Augen an das Dunkel gewöhnt hatten, sah ich Kat und Ham knutschen und Nicolas eng mit einem (verdammt hübschen!) Mädchen tanzen, das als Hermine-im-Ballkleid verkleidet war, wie in *Harry Potter und der Feuerkelch*. Hermine war MEINE Idee! (Allerdings bin ich nicht darauf gekommen, das Kostüm der Ballszene zu nehmen. Na ja, eigentlich ist das Mädchen, mit dem Nicolas tanzt, nur als Mädchen verkleidet, das auf einen Ball geht – nicht sehr originell! Zumindest, wenn sie nach der Party noch auf einen *echten* Ball geht.)

Später habe ich erfahren, dass sie auf dieselbe Schule geht wie Nicolas und Ham und Marithé heißt (wenn man mich fragt, ein echt bescheuerter Name!).

Als Nicolas mich sah, kam er trotz meiner Zorro-Maske und obwohl er gerade noch eng mit dem (verdammt hübschen) Mädchen getanzt hatte, auf mich zu. Vor Schreck nahm ich einen großen Schluck *Slush*. Als er mir gegenüberstand, breitete sich hinter meiner Stirn eine schmerzhafte Leere aus. Nicolas tippte mich an und sagte:

»Amélie?«

Ich (während ich versuchte, mein kältegelähmtes Gehirn zu gebrauchen): »Fja?«

Nicolas: »Katryne hat mir gesagt, dass du als Zorro verkleidet bist.«

Ich: »Kat? Ah … ja, wei ef keine anfere Verkleifung mehr gaf.«
Nicolas: »Was?«
Ich: »Wei ef keine anfere Verkleifung mehr gaf.«
Nicolas: »Was?«
Ich: »WEI EF KEINE ANFERE VERKLEIFUNG MEHR GAF.«
Nicolas: »Ah.«
Ich: »Hör mal, geh tanfen, amüsier dif, daf Lied ift gleif twu Ende. If haf wirklif dwie Nafe voll. If hau ab!«

20:45

Ich komme nach Hause. Meine Mutter sitzt auf dem Sofa und liest eine Illustrierte.
Meine Mutter (während sie die Zeitschrift sinken lässt und mich über ihre Brillengläser hinweg mustert): »Du kommst aber früh.«
Ich: »Ich hatte ein … Problem.«
Meine Mutter: »Hast du getrunken?«
Ich: »Nur ein *Slush*.«
Meine Mutter: »Ein *Slush*? Findest du es nicht ein bisschen kalt dafür?«
Ich: »Doch, vor allem in meinem Gehirn.«
Ich hole mir eine Packung Schokokekse aus der Küche und setze mich aufs Sofa. Ich bin echt fertig.
Meine Mutter: »Wusstest du, dass Daniel Radcliffe gerade auf dem Klo war, als der Anruf kam, dass er die Rolle des Harry Potter bekommen hat? Steht hier. Lustig.«
Ich (den Mund voller Kekse): »Das *Slush* hat mir zwar

das Gehirn eingefroren, aber davon habe ich kein Alzheimer bekommen! Aus welchem Jahr ist deine Zeitschrift?«
Meine Mutter (während sie die Titelseite betrachtet): »Äh …«
Ich: »Ich weiß auch, dass ihm *Harry Potter und der Gefangene von Azkaban* am besten gefällt, dass er sich nicht gerne den ersten Teil ansieht, weil er sich darin nicht gut findet und dass er Gitarre spielt.«
Meine Mutter: »Wow! Wenn du so viel Energie in deine Schularbeiten stecken würdest, hättest du großartige Noten!«
Ich (dabei denkend: mecker-mecker-mecker, sage aber tatsächlich): »Wenn ich in der Schule zu Daniel Radcliffe geprüft würde, hätte ich lauter Einsen!«

20:50

Ich bringe die Kekse zurück in die Küche und will in mein Zimmer. Dann mache ich doch noch mal kehrt und gehe zu meiner Mutter.
Ich: »Mama … als du mit Papa zusammengekommen bist, war das … kompliziert?«
Meine Mutter: »Hmmm … nein.«
Ich setze mich aufs Sofa und lege meinen Zorro-Hut neben mir ab.
Ich: »Erzähl mir eure Liebesgeschichte.«
Meine Mutter: »Die kennst du doch schon in- und auswendig!«
Ich: »Ich höre sie so gerne …«
Meine Mutter: »Na gut.« (Sie legt ihre Zeitschrift auf

den Knien ab.) »Wir waren auf der Uni. Dein Vater studierte Management und ich Marketing. Unsere Seminare fanden zu unterschiedlichen Zeiten statt. Aber irgendwann sind wir uns ganz zufällig über den Weg gelaufen.«
Meine Mutter bekommt immer glänzende Augen, wenn sie davon erzählt. Ich weiß nicht, was ich lieber mag: die Geschichte oder das Gesicht meiner Mutter, wenn sie die Geschichte erzählt.
Ich: »Und dann?«
Meine Mutter: »Das weißt du doch!«
Ich: »Erzähl es noch einmal!«
Meine Mutter: »Als er mich sah, grüßte dein Vater mich, als hätten wir uns schon ewig gekannt und ... das war's! Wir sind einen Kaffee trinken gegangen, wir haben mindestens vier Stunden geredet und wir haben uns nie wieder getrennt.«
Ihr Hals ist kein bisschen rot geworden. Ich frage weiter.
Ich: »Als er dich gegrüßt hat, hat er da »Hallo« oder »Hi« gesagt?«
Meine Mutter: »Uff! Das weiß ich nicht mehr! Aber warum fragst du mich das alles? Interessierst du dich für einen Jungen?«
Ich (während ich noch einmal die Szene vor mir sehe, wie ich mit eingefrorenem Gehirn mit Nicolas rede): »Nein! Wie kommst du denn darauf?«

22:00

(In meinem Bett, auf der linken Seite liegend)
Sollte es eine höhere Macht geben, die die Menschen auf

diesem Planeten lenkt, dann hat sie offenbar beschlossen, mich fertigzumachen!!!

22:30
(In meinem Bett, auf der rechten Seite liegend)
Blödsinn!

22:45
(In meinem Bett, auf dem Rücken)
Vielleicht doch! Kat hat so was in der Richtung in meinem Horoskop gelesen!

22:50
(In meinem Bett, auf der rechten Seite)
Könnte aber doch sein!

22:55
(In meinem Bett, auf dem Rücken)
Also, was jetzt?

Montag, 31. Oktober

Heute im Erdkundeunterricht war ich eine Stunde lang auf dem Mond. Während eines langen Monologs, den ich nicht mitbekam, weil ich ja, wie gesagt, auf dem Mond war, rief Monsieur Giroux, unser Lehrer: »Amélie Laflamme, komm zurück auf die Erde!«
Wenn er nur wüsste, 1) wie unangenehm mir das war und 2) wie gerne ich das tun würde!

November

Ein unbekannter Planet

Dienstag, 8. November

Seit einer Woche befinde ich mich auf dem Planeten L.O.V.E. (wie Ashlee Simpson singen würde). Kat und Ham kleben jede Sekunde aneinander! Seit ein paar Tagen holt Ham Kat von der Schule ab. Die beiden nutzen die Gelegenheit, dass meine Mutter tagsüber nicht daheim ist, um mit zu mir nach Hause zu kommen und zu knutschen. Der Sound von *Zungenküssen* ist echt schrecklich! Ein ekelhaftes Schmatzen!!! Es schüttelt mich, wenn ich das höre. Igitt!

Die Geschichte von Kats und Hams erstem Kuss (im Hintergrund ein fortwährendes Schmatz-Schmatz-Geräusch):
Kat und Ham haben sich zum ersten Mal auf der Halloween-Party geküsst. Kat erzählt mir die Geschichte immer wieder, wenn er gerade nicht da ist.
Während sie zu *You will be loved* tanzten (sie hatten nicht mal gemerkt, dass ich verschwunden war!), hat Kat sich leicht aus der Umarmung gelöst und gesagt, dass sie das Lied sehr schön fände, und da hat Ham gestanden, dass er sie (Kat), sehr schön fände.
WIE KITSCHIG!!!
Meine eigenen »Kuss-Kenntnisse« sind leider nicht be-

sonders umfangreich. Besser gesagt, sie sind gar nicht vorhanden, denn jedes Mal, wenn ich jemanden hätte küssen können, ist was dazwischengekommen.

Erste Gelegenheit:
Mit elf.
William.
Aufs *Knutschen* verzichtet aufgrund von schlechtem Atem.

Zweite Gelegenheit:
Mit elf.
Jean-François.
Das Ende des Schuljahrs nahte. Wir waren in Kunst zufällig in eine Zweiergruppe eingeteilt worden und sollten gemeinsam etwas basteln. Nach der Schule kam er mit zu mir. Wir haben auf dem Bauch liegend gearbeitet, auf meinem Bett. Auf einmal merkte ich, dass etwas meine Hand kitzelte. Ich sprang mit einem Satz auf, weil ich dachte, es wäre eine Spinne. Aber es war die Hand von Jean-François. Ich habe mich immer gefragt, was passiert wäre, wenn ich mich nicht so erschreckt hätte.

Dritte Gelegenheit:
Mit dreizehn (fast vierzehn).
Louis.
Letzten Sommer, auf einer Party. Wir haben »Wahrheit oder Pflicht« gespielt. Nach einigem Hin und Her entschied ich mich für »Wahrheit«, weil ich ihn nicht küssen wollte. Louis ist echt hässlich und blöd, und ich hatte

keine Lust darauf, meinen ersten Kuss mit IHM zu erleben. Ich musste also gestehen, dass ich noch nie *Der Exorzist* gesehen habe, weil mir der Film zu gruselig ist. Kat war sauer, dass ich dieses Geheimnis verriet, weil unsere Glaubwürdigkeit als Horrorfilmliebhaberinnen auf dem Spiel stand. Ich sagte ihr, es könnte doch gut möglich sein, dass ich außer *Der Exorzist* jede Menge anderer Horrorfilme gesehen hätte. Das hat sie zum Glück besänftigt.

Vierte Gelegenheit:
Nach dem Filmstart von *Harry Potter und der Stein der Weisen.*
Daniel Radcliffe.
Hahaha! Nur im Traum! (Es sei denn, es zählt, wenn man Filmposter küsst.)

16:45
Wenn ich mir Kat und Ham so anschaue, kommt mir der Gedanke, dass Liebe die Gehirnzellen aufweichen lässt. Echt wahr! Kat hat sich von einem unabhängigen, starken und selbstbewussten Mädchen in ein Zu-lange-überm-Feuer-geröstetes-Marshmallow verwandelt. Ich habe echt keine Lust, dass mir das Gleiche passiert! Oder dass mir mein Gehirn aufweicht. Ich lege Wert auf ein funktionierendes Gehirn (ich glaube, ich habe noch nie so oft das Wort »Gehirn« gebraucht!).

Donnerstag, 10. November

Es ist vierzig Millionen Jahre her, dass Kat und ich das letzte Mal im Jugendzentrum waren! Laut Kat liegt das an meiner feierlichen Erklärung, nie wieder einen Fuß dorthin zu setzen. Das hatte ich schon längst wieder vergessen! Ich sagte ihr, dass es mich nicht stören würde und dass es auch mal wieder ganz nett wäre, was anderes zu machen, als in die Schule zu gehen oder zuzugucken, wie sie ihren Freund abschleckt. Darauf entgegnete Kat: »Es ist gerade so stressig in der Schule. Und das Sommer*feeling* ist vorbei.« Ich würde sagen, bei ihr ist jetzt Ham*feeling* angesagt, das ist alles!

Ich hänge also stundenlang vor der Glotze rum und schaue mir sogar Sendungen an, die mich null interessieren. Beim Zappen bin ich auf eine Reportage über eine neue Popsängerin gestoßen, deren Name ich schon wieder vergessen habe. Die Reportage begleitet sie einen Tag lang, um zu zeigen, wie aufregend ihr Leben ist (im Vergleich zu unserem, nehme ich an). Im Hintergrund läuft ein hektischer Techno-Beat, der Reporter beschreibt ihr Leben und am Ende jedes Satzes ertönt ein sonores »Bing!«-Geräusch.

6:00 Die im-Vergleich-zu-euch-superheiße Popsängerin steht auf. Bing!

7:00 Sie geht ins Fitnessstudio. Bing!
8:00 Sie wird massiert. Bing!
9:00 Sie wird frisiert. Bing!
10:00 Sie geht zum Tanztraining. Bing!
Usw. usw. usw. Bing! Bing! Bing!

Wenn es so eine Reportage über mich gäbe, wie würde die wohl aussehen?
Ein typischer Tag in meinem Leben (zumindest aktuell): Mit hektischem Techno-Beat im Hintergrund, schnellen Schnitten und sonoren Bing-Geräuschen auf Knopfdruck.
7:00 Mein Wecker klingelt. Bing!
7:30 Ich stehe auf. Ein Hoch auf die *Snooze*-Taste. Bing!
7:15 In Wahrheit ist es erst 7:15, weil ich den Wecker 15 Minuten vorgestellt habe. (Und dann heißt es, ich sei nicht gut in Mathe!) Bing!
7:17 Ich dusche und ziehe mich an. Bing!
7:30 Ich frühstücke: Fruit Loops, wenn welche da sind, sonst Toast mit Erdnussbutter und ein Glas Milch. Wenn es draußen kälter wird, so wie gerade jetzt, trinke ich gelegentlich auch einen heißen Kakao. Bing!
7:45 Ich verlasse das Haus, um zum Bus zu gehen. Bing!
7:47 Ich komme noch mal zurück, weil ich meinen Rucksack und/oder meinen Schlüssel oder das Zähneputzen vergessen habe, dann verlasse ich wieder das Haus und flitze zurück zur Bushaltestelle. Bing!
7:50 Ich bin mal wieder in Panik aufgrund der Frage »Wird der Bus heute *wirklich* kommen?« Bing!

7:52 Der Bus kommt ... wie immer zu spät. Bing!
8:15 Ich komme in die Schule. Bing!
8:20 Kat erzählt mir von Ham und all den wunderbaren Sachen, die sie gestern am Telefon zueinander gesagt haben. Bing!
8:35 bis 12:10 Verschiedene Unterrichtseinheiten, wechselnd zwischen Mathe, Französisch, Englisch, Bio, Erdkunde, Kunst, Ethik. Bing!
12:10 Ich esse mit Kat zu Mittag. Sie erzählt mir wieder von Ham und überlegt, was sie ihm heute Abend am Telefon sagen könnte (den genauen Gesprächsverlauf wird sie mir morgen früh berichten, gegen 8:20). Bing!
13:15 bis 15:45 Verschiedene Unterrichtseinheiten, wechselnd zwischen Mathe, Französisch, Englisch, Bio, Erdkunde, Kunst, Ethik – ich weiß, ich wiederhole mich, aber hey, das ist Schule! Bing!
15:50 Ich hole die Bücher aus meinem Fach, die ich für die Hausaufgaben brauche. Bing!
15:55 Ich höre, wie Kat ein paar Mitschülerinnen von Ham erzählt. (Sie sucht sich gelegentlich andere Zuhörer, denn auch wenn sie «auf Wolke sieben schwebt«, ist sie doch anständig genug, mir nicht die gleiche Geschichte mehr als zweimal zu erzählen. Hmm. Sagen wir dreimal.) Bing!
16:00 Während wir gemeinsam zur Bushaltestelle gehen, sagt Kat, dass wir heute Abend noch telefonieren. Bing!
16:05 Kats Bus kommt. Bing!
16:06 Ich bin mal wieder in Panik aufgrund der Frage

»Wird der Bus *wirklich* kommen?« Während mich diese Sorge quält, tausche ich mit den anderen wartenden Mädchen ein Lächeln aus. Das besagt so viel wie: »Wir reden in der Schule zwar nicht miteinander, aber wir teilen das gleiche Schicksal, auf diesen Bus zu warten, von daher ...« Dann wenden wir den Blick wieder ab, um sicherzugehen, dass wir uns nicht anfreunden müssen. Ich frage mich, ob sie auch Angst haben, ob der Bus wirklich kommt. Bing!
16:07 Mein Bus kommt ... wie immer zu spät. Bing!
16:30 Daheim. Bing!
17:30 Meine Mutter kommt nach Hause und regt sich auf, weil das Haus ein Saustall ist. (Ich frage mich, warum sie sich derart darüber aufregt, es ist doch immer so.) Sie fragt, warum ich nichts getan habe, seit ich aus der Schule zurück bin, und ich sage ihr, dass ich einen superanstrengenden Tag hatte. Bing!
17:35 Ich räume auf, während sie das Essen macht. Bing!
18:20 Meine Mutter will, dass ich das Geschirr in die Spülmaschine räume. Bing!
18:30 bis 19:30 Ich mache Hausaufgaben. Bing!
18:30 bis 19:30 Meine Gedanken kreisen um die Schule: Werde ich die Prüfungen bestehen? Verhält sich mein Gehirn gemäß der schulischen oder der menschlichen Evolution? Was kann ich tun, um im Unterricht nicht mehr auf dem Mond zu sein? Bing!
19:35 Kat ruft an, um mir zu sagen, dass sie Ham anrufen wird (und noch andere Dinge, aber eigentliches Ziel ihres Anrufs ist, von ihm zu reden). Bing!

20:00 bis 21:30 Je nach Fernsehprogramm schaue ich fern (heute kommt *One Tree Hill*!) oder lese Mangas. Bing!
21:30 Ich gehe ins Bett. (Aber ich schlafe selten gleich ein.) Bing!
Der hektische Techno-Beat hört auf.

Uff! Ich finde mein Leben sehr viel stressiger als das Leben der Popsängerin. Und ich bin sicher, dass sie nicht eine Sekunde meines vollen Zeitplans überleben würde! (Aber mein Leben würde auf MTV vermutlich nicht so viel hermachen.)

To do: Auf meine Ernährung achten und mehr Sport treiben, um einem drohenden Burn-out vorzubeugen.

Freitag, 11. November

Jetzt ist es offiziell: Ich kann Ham nicht leiden. Er ist ein Besserwisser. Er tut nichts als reden, reden, reden. Ich mag ihn noch weniger, seit ich weiß, dass es unmöglich ist, eine andere Meinung zu haben als er.
Kat und ich regten uns gerade über Madame Gagnon auf, die uns übers Wochenende eine Riesenhausaufgabe

aufgegeben hat. Benotet! Wir waren megagestresst, weil wir beide nicht gut in Mathe sind. Und da hat Ham uns auch noch unter die Nase gerieben: »*Carpe diem.*«
Kat: »Was?«
Ham: »*Carpe diem*, ›nutze den Tag‹ ... Hast du nie den *Club der toten Dichter* gesehen?«
Kat: »Doch! Der ist super!«
Ich: »Na ja, ich fand ihn nur so mittel.«
Ham: »Hey, das ist ein Klassiker! Einer der besten Filme aller Zeiten. Schau im Internet nach, dann siehst du, dass er auf der Liste der besten Filme aller Zeiten steht!«
Ich: »Meinetwegen kann er auf so vielen Listen stehen wie er will, ich fand ihn nur so mittel!«
Ham: »Mittelgut oder mittelschlecht?«
Ich: »Oh, *come on*! Sie verstecken sich, um heimlich Gedichte zu lesen! Wenn sie sich schon verstecken, könnten sie ja wohl ein bisschen was Krasseres machen! Und am Ende bringt der eine Typ sich um, weil sein Vater nicht will, dass er Schauspieler wird. So ein *Loser*! Er hätte einfach nur die Schule beenden und warten müssen bis er volljährig ist, um dann von zu Hause auszuziehen und Schauspieler zu werden, wenn es ihm so wichtig war!«
Ham: »Ja eben. Er hat ›den Tag nicht genutzt‹. Er hat aufgegeben.«
Ich: »Also, man hat ja wohl ein Recht auf seine Meinung, und ich fand den Film nur so mittel, das ist alles.«
Ich muss gestehen, dass ich den Film eigentlich ziemlich beeindruckend fand, aber das würde ich niemals zugeben, nicht mal unter Folter.

Kat (nach einer Weile): »Hahaha! Bravo, Amélie! Das war sehr lustig!« (Sie wendet sich an Ham.) »Sie zieht gern eine Show ab! Ziemlich gute Schauspielerin, was? Wir liieeeben den *Club der toten Dichter*!«
Ham: »Ach so! Es ist auch unmöglich, diesen Film nicht zu lieben, wenn man halbwegs intelligent ist! Amélie, du hast mich echt reingelegt! Ich habe dir aufs Wort geglaubt!«

Seit diesem Moment ist mein Hass offiziell. Und seitdem weiß ich auch, dass die Liebe den Verstand meiner besten Freundin benebelt hat.

Feststellung: Leute, die *»carpe diem«* sagen und dabei an den *Club der toten Dichter* denken, NERVEN!

Samstag, 12. November

Juhuu! Supercooler Mutter-Tochter-Tag! Ohne Putzen! Ohne Großeltern! Wir waren im Kino und haben zwei Filme gesehen! Allerdings habe ich heute auch festgestellt, dass ich echt verloren habe, sollte ich das Talent meiner Mutter geerbt haben!

To do: Schwester Rose fragen, ob Vererbung ein Phänomen ist, das jeden treffen kann.

15:12

Zwischen den beiden Filmen sind meine Mutter und ich auf die Toilette gegangen, und als meine Mutter sich die Hände waschen wollte, hat sie die Hände unter den Hahn gehalten und auf das Wasser gewartet. Als sie gesehen hat, dass kein Wasser kam, hat sie das Waschbecken gewechselt. Dann hat sie gesagt:

»Mist! Die Wasserhähne funktionieren nicht!«

Ich (ganz leise, damit es niemand hört): »Ich glaube, man muss den Hahn aufdrehen.«

Also hat sie den Hahn aufgedreht und das Wasser fing an zu laufen.

Das war ihr sehr unangenehm.

Meine Mutter: »Haha! Das ist mir hier nicht modern genug!«

Das sagte sie zu einer Frau, die (zu meiner großen Verlegenheit) alles gehört hatte.

In diesem Moment dachte ich mir: »Und ihr Blut fließt in meinen Adern!«

Um sich zu verteidigen hat sie mir erzählt, dass in dem Gebäude, in dem sie arbeitet, alles supermodern ist und sie sich daran gewöhnt hat. Ich kam auf den Gedanken, dass dies eine ausgezeichnete Gelegenheit war, sie ganz unauffällig über ihre Beziehung zu Monsieur Beaulieu auszuhorchen. Wenn zwischen den beiden was läuft, muss er ihr ja erzählt haben, dass die Wasserhähne in der

Schule der absolute Schrott sind. (Wäre ich wirklich so gut in Französisch, wie ich es meiner Einteilung in den Begabtenkurs nach sein müsste, würde ich »archaisch« sagen, aber ich bin kein Französisch-Freak, von daher ...)
Ich (seeeehr beiläufig): »In der Schule haben wir diese Wasserhähne, die nach einer Sekunde wieder stoppen. Man braucht echt Geduld, um sich die Hände zu waschen!«
Meine Mutter: »Vielleicht haben sie Angst, dass die Schüler den Hahn nicht wieder zudrehen.«
Ich (ironisch): »Ja, stimmt, das machen wir total gerne, wir lassen schön das Wasser laufen, hauen ab und reiben uns die Hände. Wie jeder weiß, ist das Laufenlassen von Wasser bei Schülern ein richtiger Volkssport!«
Auf meine Bemerkung folgte ein nicht enden wollendes Gelächter meiner Mutter. Entweder ist ihr Sinn für Humor derzeit wirklich in Hochform oder aber ich bin extrem lustig (ein echtes Comedy-Talent)!

Ergebnis meiner Untersuchung: Wenn meine Mutter dank Monsieur Beaulieu bestens über die Schule informiert ist, kann sie sich wirklich gut verstellen.

20:00
Kat ruft an und ist völlig in Panik.
Kat: »Caprice hat Babys bekommen!«
Ich: »Was? Wie ist das denn passiert?«
Kat: »Ich hasse meine Schwester!«
Ich: »Was hat deine Schwester damit zu tun?«

Kat: »Sie hat einen Freund, der ein Hamstermännchen hat, und sie hat, ohne es uns zu sagen, ein Hamster-Rendez-vous arrangiert und er hat … er hat …«
Ich: »Was? Er hat was?«
Kat: »ER HAT CAPRICE VERGEWALTIGT!«
Ich: »Der Freund deiner Schwester?«
Kat: »Natürlich nicht! *Oh, Mann!* Der Hamster!«
Ich: »Ich weiß, ich weiß! Ich mache nur Spaß! Aber woher weißt du, dass Caprice es nicht auch wollte?«
Kat: »Weil der andere Hamster hässlich ist! So ein schwarzer mit gelben Flecken! Das ist ein *Loser*! Von dem wollte sie garantiert nichts wissen!«
Ich: »Hey, man darf sich nicht nur auf Äußerlichkeiten verlassen! Vielleicht war Caprice ja wirklich in ihn verliebt!«
Kat: »Ich wüsste nicht, wie sie sich in diesen Hamster hätte verlieben können … du müsstest mal die Babys sehen! Die sind so hässlich! Und weißt du, wie er heißt?«
Ich: »Wer?«
Kat: »Na, der *Freund* von Caprice!«
Ich: »Ähm … nein. Ich habe nicht viele Hamster in meinem Bekanntenkreis.«
Kat: »Bacon!«
Ich: »Kann ich sie mir mal anschauen?«
Kat: »Macht es dir nichts aus, dass Caprice Babys von einem *Bacon* bekommen hat?«
Ich: »Na ja, so schlimm finde ich das jetzt auch nicht.«
Kat: »Pfff! So ein schwachsinniger Name! Meine Schwester macht mich fertig. Ahhhhhh!«

Ich: »Kann ich mir die Babys anschauen?«
Kat: »Aber nur morgen früh, morgen Nachmittag treffe ich mich mit Ham.«

P.S.: Ich fand es unnötig, sie darauf hinzuweisen, dass ihr *Freund* freiwillig auf den Namen Ham, hört ...

Sonntag, 13. November

Oooooh! Die sind so süß! Die sind so süß! Die sind so süß!« Diesen Satz habe ich den ganzen Vormittag lang ohne Unterbrechung vor Caprices Käfig wiederholt. Die Babys sind so süß (ich weiß, das habe ich schon gesagt). Kat hat keine Ahnung, sie sind nicht hässlich! Ich glaube, sie sagt das nur, um sie nicht ins Herz zu schließen, weil ihre Eltern wollen, dass sie sie abgeben (nicht Caprice, aber ihre Babys).
Julianne macht übrigens ein Riesendrama deswegen. Sie hat die Babys eine Woche lang versteckt. Als sie merkte, dass Caprice Babys bekommen hat, holte sie den Käfig in ihr Zimmer, um sich um sie zu kümmern. Kat war so mit ihrer Beziehung zu Ham beschäftigt, dass sie es gar nicht gemerkt hat. Aber gestern Abend wollte sie mit Caprice

spielen und ist zu Julianne ins Zimmer gegangen, wo sie die drei winzigen nackten Hamster neben Caprice entdeckt hat. Vor lauter Panik ist sie gleich zu ihren Eltern gerannt und hat alles gepetzt. Die haben sich anscheinend erst mal kaputtgelacht und dann Julianne gesagt, dass sie die Babys nicht behalten könne.
Julianne hat echt alles versucht. Sie hat sogar ihre Lehrerin gefragt, ob sie die Hamster nicht in der Klasse halten könnten. Ihre Lehrerin war jedoch dagegen, weil sie eine Allergie hat. Wie bescheuert muss man sein, um eine Hamsterallergie zu haben?

Mittags

Meine Mutter: »Kommt nicht infrage, Amélie! Uns kommt kein Hamster ins Haus!«
Ich: »Bitte, bitte, bitte, bitte, bitte!
Meine Mutter: »Nein.«
Ich: »Och, komm schon! Wenn du sie sehen könntest! Die sind sooooooo süß!«
Meine Mutter: »So oder so, selbst wenn ich wollte, es geht nicht, ich bin allergisch gegen Hamster!«

Ups.

15:00

Ich habe alle Leute angerufen, die ich kenne, einschließlich meiner Großeltern. Ich habe gedacht, vielleicht würde mein Großvater Charbonneau sich freuen, seine Miquette durch ein anderes Tier zu ersetzen, aber er hat gesagt, sie sei unersetzlich. Ich habe sogar bei meiner Großmutter Laflamme angerufen. Sie beklagt sich immer, dass sie so allein ist und so wenig Besuch bekommt, aber sie hasst Hamster. (Sie nennt sie »Ratten« – wo ist da der Zusammenhang?) Allerdings schien sie sich sehr über meinen Anruf zu freuen und wir haben uns eine halbe Stunde lang unterhalten. Natürlich hat sie wieder gefragt, ob ich einen »kleinen *Schatz*« hätte, was mich echt genervt hat, und darauf habe ich gesagt, dass ich lesbisch bin, und aufgelegt.

16:00

Meine Mutter ist zu mir gekommen und hat gefragt: »Was ist das denn für eine Geschichte mit dem Lesbischsein?« Meine Großmutter hatte sie gerade angerufen und war »empört« (ihr Ausdruck) über mein (falsches) Coming-out. Ich habe mich verteidigt und gesagt, ich wäre wirklich genervt über ihre Frage nach meinem »kleinen *Schatz*« und hätte das bloß gesagt, damit sie mich in Zukunft in Frieden lässt.
Meine Mutter hat mich gezwungen, meine Großmutter noch einmal anzurufen und ihr die Wahrheit zu sagen. Ich habe eingewilligt, aber ich habe ihr auch gesagt, sollte ich eines Tags lesbisch werden, müsste sie mich akzeptieren! Meine Mutter hat gesagt, das würden wir dann sehen, aber vorerst müsste ich meine Großmutter anrufen.

Ich (zu meiner Großmutter): »Blablabla, nicht lesbisch, blablabla, ein Witz, blablabla, kaputt von der Schule, bla-

blabla, Lesben haben ein Recht auf Gleichberechtigung.«
(Da hat meine Mutter mir den Hörer aus der Hand genommen, um selbst mit meiner Großmutter zu sprechen und sich für mein »Verhalten« zu entschuldigen.)

16:05
Was für eine homophobe Familie!

19:30
Keiner will die Hamsterbabys. Das macht mich wirklich traurig.

Montag, 14. November

Lehrerfortbildung = schulfrei!

8:00
Julianne ruft an.
Ich (schlaftrunken): »Ja, hallo?«
Julianne (den Tränen nahe): »Amélie ... hier ist Julianne.«
Ich: »Julianne?«
Julianne: »Würdest du für mich in die Zoohandlung gehen ... wegen der Hamsterbabys?«

Ich: »Aber warum?«
Julianne: »Weil niemand hingehen will ... und ich kann nicht, das macht mich zu traurig.«
Ich: »Was ist mit deinen Eltern?«
Julianne: »Sie sagen, das sei meine Verantwortung. Mein Vater hat gesagt, wenn die in der Zoohandlung sie nicht nehmen, wirft er sie ins Klo! Das ist schrecklich!«
Ich: »Ich bin sicher, dass er das niemals tun würde! Aber ... was ist mit Kat?«
Julianne: »Sie ist bei Jean-Luc. Sie hat gesagt, niemand, schon gar nicht die Hamsterbabys, machen ihr den Tag mit ihm kaputt.«
Ich: »Tja, das klingt ganz nach Kat.«
Julianne: »Und ich habe heute nicht schulfrei wie ihr ... Kat hätte hingehen können, aber ...«
Ich: »Ist schon in Ordnung, ich gehe hin.«
Julianne: »Oh! Danke! Danke, danke, danke!«
Ich: »Julianne, nur so aus Interesse, warum nennst du Jean-Luc nicht ›Ham‹?«
Julianne: »Hahaha! Das ist doch echt zu blöd! Meine Schwester geht mit einem ›Ham‹!«

Wenigstens sie kann darüber lachen.

13:00

Ich betrete die Zoohandlung. Es stinkt fürchterlich. Ich schaue mich um. Dann bleibe ich vor einem großen Aquarium stehen. Das ist echt cool, solche Fische wie Dory und Marlin in *Findet Nemo* zu sehen. Im Aquarium sieht es sogar ein bisschen so aus wie im Film! Ich fahre mit dem Finger über die Scheibe. Meine Mutter will keinen Hamster, aber vielleicht wäre sie mit einem *Nemo* einverstanden, sozusagen in der Live-Version.

»Es ist verboten, die Scheibe zu berühren«, sagt eine Stimme hinter mir.

Ich drehe mich um und spüre, dass ich rot werde. Es ist Nicolas-»Pseudo-Ryan«.

Ich: »Ach so ... tut mir leid.«

Nicolas: »Das war nur ein Scherz ... du darfst die Scheibe ruhig anfassen.«

Ich mustere ihn kurz. Er trägt eine total verdreckte grüne Schürze. Vielleicht stinkt es hier ja wegen ihm so. Aber je näher er kommt, desto besser rieche ich den Duft des Weichspülers, den ich immer rieche, wenn er in meiner Nähe ist (was ja bisher noch nicht so oft vorgekommen ist).

Ich: »Du arbeitest hier?«

Saublöde Frage! Es ist doch offensichtlich, dass Nicolas nicht einfach so mit diesem Kittel hier rumrennt, also arbeitet er hier. Fragen wie diese sind einfach überflüssig. Genauso überflüssig, wie wenn man jemanden um ein Taschentuch bittet, weil einem die Nase läuft, und der fragt: »Möchtest du dir die Nase putzen?« Das ist ja wohl offensichtlich! Wenn wir Menschen nur fünfhundert Wörter im Leben zur Verfügung hätten, welche Bemerkungen würden wir uns verkneifen?

Nicolas: »Ja.«

Ich: »Ah. Cool.«

Nicolas: »Der Laden gehört meinem Onkel ... Ich säubere die Käfige. Manchmal auch die Tiere.«
Ich: »Ah. Cool.«
Na gut, ich habe gesagt, *wenn* die Menschen nur fünfhundert Wörter zur Verfügung *hätten*. Ich habe nicht gesagt, dass es wirklich so *ist*! Also könnte ich zur Abwechslung auch mal was anderes sagen.
Ich (neuer Versuch): »Habt ihr ... habt ihr auch Hamster?«
Nicolas: »Willst du einen Hamster?«
Ich: »Äh, also, meine Freundin hat Hamsterbabys bekommen. Also, nicht sie *selbst*, das ginge ja schlecht. Haha. Aber ... ich meine, ob ihr auch Hamster kauft ... oder so?«
Nicolas: »Ja. Als Futter für die Schlangen.«
Ich: »WAS?!?!!!!!!«
Plötzlich ruft ein Papagei: »Waaaas? Waaaas? Hallo! Blöder Arsch!«
Nicolas: »Das war ein Witz!«
Ich: »Der Papagei hat ›Blöder Arsch‹ gesagt.«
Nicolas: »Hahaha! Das ist Bono.«
Der Papagei: »Waaaas? Waaaas?«
Ich: »Bono?«
Papagei: »Hallo! Bono!«
Nicolas: »Mein Onkel steht auf die Rockband U2, besonders ihren Sänger Bono. Außerdem heißt er mit Nachnamen Bonneau.«
Ich: »Der Papagei?«
Nicolas: »Nein, mein Onkel. Er ist der Bruder meiner Mutter.«

Papagei: »Blöder Arsch.«
Ich: »Hast du das gehört?«
Nicolas: »Das hat ihm mein Bruder beigebracht. Sag das nicht vor meinem Onkel! Ich kann versuchen, ihn zu überreden, deine Hamster zu nehmen.«
Ich: »Der Papagei versteht, dass er das Wort nicht vor deinem Onkel sagen soll? ... Was die Hamster angeht, wäre das toll. Aber ich will nicht, dass sie als Schlangenfutter enden!«
Nicolas: »Ach was, das war doch bloß ein Witz, sag ich doch! Ach, und mein Onkel weiß, dass der Papagei ›Blöder Arsch‹ sagt, er weiß nur nicht, von wem er das hat. Hey, willst du was Cooles sehen?«
Ich: »O.k.«
Nicolas führt mich in den hinteren Teil des Ladens. Wir stehen vor einem Käfig mit einer Katzenmama und vielen kleinen Kätzchen.
Nicolas: »Den Käfig habe ich gerade saubergemacht.«
Ich: »Oooooh! Sind die süüüüüüüüüüüüß!!!!«
Nicolas: »Du kannst hier warten, ich rede mit meinem Onkel wegen der Hamster.«

Nach ein paar Minuten kommt Nicolas wieder und sagt, dass sein Onkel einverstanden ist: Er wird die Hamster nehmen, er wird nichts dafür bezahlen, aber er verspricht, dass sie nicht als Schlangenfutter enden. Nicolas erklärt mir, dass ich warten muss, bis die kleinen Hamster das gleiche Futter fressen können wie ihre Mutter, dann kann ich sie herbringen.

13:55

Ich bedanke mich bei Nicolas. Als ich gerade zur Tür gehe, sagt er:
»Amélie?«
Ich (während ich mich zum Ding-Dong der Tür umdrehe): »Ja?«
Er: »Ähm ... also, du kannst gerne wiederkommen und dir die Kätzchen ansehen, wenn du magst.«
Ich: »O.k.«
Ich drücke die Tür auf und höre Bono kreischen: »Die wär'n wir los! Die wär'n wir los!« Ich drehe mich zu Nicolas.
Er: »Mach dir nichts draus. Das sagt er fast immer, wenn jemand geht.«
Ich (drehe mich wieder zur Tür): »Aha ...« (Mann, echt kein schönes Gefühl, von einem Papagei rausgeschmissen zu werden.)
Er (Nicolas, nicht der Papagei): »He, Amélie?«
Ich (noch ein falscher Ding-Dong-Alarm): »Ja?«
Er: »Findest du nicht, dass Bono 'nen Kuschelwopf hat?«

Er hat *wirklich* »Kuschelwopf« gesagt!!! Und dabei ist doch endlich einmal (fast) alles gut gegangen!

16:00

Ich habe Julianne angerufen und ihr gesagt, dass sie die Hamster, sobald sie nicht mehr gesäugt werden, also in drei oder vier Wochen, in die Zoohandlung bringen kann. Sie antwortete, dass sie für den Rest meines Lebens alles für mich tun wird. Hmm ... das bezweifle ich. Aber das könnte noch nützlich sein!

20:00

Für wen hält er sich eigentlich, mir meinen Schnitzer unter die Nase zu reiben?

20:05

Ein »Schnitzer unter der Nase«, das klingt, als hätte ich irgendeine Art Narbe unter der Nase und nicht, als würde ich in seiner Anwesenheit immer dummes Zeug stammeln. Ein absolut unerklärliches Phänomen, wenn man bedenkt, dass ich ein Mensch bin, der sonst nie unter Sprachstörungen leidet (außer in Extremsituationen wie beispielsweise bei Referaten).

Dienstag, 15. November

In Französisch ging es heute um Palindrome, also um Wörter oder Sätze, die in beide Richtungen gelesen werden können, wie Level, Ehe, nun, aua, Kajak, Radar, Anna und so weiter. Dann sollten wir Wörter finden, aus denen man andere Wörter machen kann, wie bei Asche und Sache. Bislang habe ich gefunden: Köter – Kröte und Atlas – Salat. Ich liebe so was!

Mittags

Ich habe Kat von unserer Französischstunde erzählt, und sie hat mich ausgelacht und *Freak* genannt. Dann hat sie mir verraten, dass Ham und sie auch immer mit Worten rumalbern. Sie hat mir einige der Liebesbriefe gezeigt, die Ham ihr geschickt hat. So habe ich erfahren, dass sich ihr Name folgendermaßen abwandeln lässt: Katrynu. Und es gibt zahlreiche Varianten: Katrynette. Katrunimini und Katryminu.

Ich: »Findest du nicht, dass das etwas ... verniedlichende Spitznamen sind?« (In meinem Kopf versuche ich, das Wort in andere Wörter umzubauen, was mir aber auf die Schnelle nicht gelingt)
Kat: »Ach was! Ich mache das bei ihm doch auch!«
Ich habe also (wider Willen) erfahren, dass Ham ebenfalls wie folgt umgetauft wurde: Janiko-Luciduni, Haminu, Jean-Luciduni Haminu, Jean-Lucidumischu Hamuni und Japinolucino Hamoschmusebär.

Wo sie das herhat, keine Ahnung! Das sind wirklich die al-ler-dümms-ten Kosenamen, die ich je gehört habe!!!! Und wie viel Zeit man allein mit ihrer Aussprache verliert!

Ich glaube, die Liebe wird total überbewertet. Selbst das

Wort gibt nichts her. Weder ein Palindrom, noch ein Anagramm. Na gut, *Beile*. Da sieht man's ja!

P.S.: Stimmt wohl, ich bin ein *Freak*.

P.S. Nr. 2: Mit niemandem über meine neue Wörterleidenschaft sprechen, um nicht als *Nerd* oder so was zu gelten. Zumindest, wenn ich weiterhin ein Sozialleben haben möchte.

Mittwoch, 16. November

Ich habe Monsieur Beaulieu dabei erwischt, wie er mit Madame Claude geflirtet hat ... Ich hoffe, er ist nicht dabei, meine Mutter zu betrügen! Ich muss gestehen, dass ich über ihre Beziehung ungefähr so glücklich bin wie über eine Riesenspinne unter meinem Bett. Trotzdem ist es mir lieber, sie sind glücklich miteinander, als dass ich zuschauen muss, wie Monsieur Beaulieu meine Mutter mit meiner Französischlehrerin betrügt!

9:43

Kat findet mich total paranoid in Bezug auf das Liebesleben meiner Mutter. Sie versteht mich überhaupt nicht. Ich habe es mir geschenkt, sie daran zu erinnern, dass sie komplett ausgeflippt ist, als sie entdecken musste, dass auch ihr Hamster ein Sexleben hat! Wie würde sie erst reagieren, wenn es um ihre Mutter ginge!

Ich glaube, Kat kann sich nur sehr schwer vorstellen, in der Haut einer anderen Person zu stecken. Ich meine, in der Haut einer anderen Person zu stecken ist wörtlich genommen natürlich unmöglich, es sei denn, es handelt sich um die Haut eines Tiers (wenn man kein Pelz-Gegner ist). Was ich eigentlich sagen will: Sich in die Haut eines anderen hineinzuversetzen bedeutet eine gewisse Sensibilität, um nachzuempfinden, wie sich eine andere Person gerade fühlt. Wenn es mich stört, dass meine Mutter etwas mit meinem Direktor am Laufen hat, ist das schließlich meine Sache!

Mir graut schon vor dem Tag, an dem meine Mutter mir verkündet: »Amélie, heute Abend kommt Denimischu zum Essen zu uns.« Denn es scheint ja ganz so, als würde jeder, sobald er in jemanden verknallt ist, dieser Person irgendwelche lächerlichen Kosenamen verpassen!

Um es kurz zu machen, als ich Kat meine Befürchtung mitteilte, Monsieur Beaulieu könnte meine Mutter betrügen, war ihre Reaktion in keiner Weise hilfreich.

Kat: »Ich dachte, du wolltest nicht, dass sie zusammen sind!«

Ich: »Nein, aber ich will auch nicht, dass er sie betrügt.«

Kat: »Du bist doch nicht mal hundertprozentig sicher, dass er was mit deiner Mutter hat!«

Ich: »Es könnte sein ...«
Kat: »Aber du bist nicht sicher!«
Ich: »Nein, aber es könnte sein!«
Kat: »ABER DU BIST NICHT SICHER! Warum fragst du nicht einfach?«
Ich: »Was?!? Damit ich den Rest des Jahres nachsitzen muss?!«
Kat: »Doch nicht ihn ... deine Mutter!«
Ich: »Im Moment ist sie endlich mal ein bisschen von ihrem Putz-Trip runter. Wir verstehen uns gerade echt gut. Das will ich jetzt nicht ... kaputt machen.«
Kat: »Ich verstehe.«
Die Glocke läutet. Wir gehen auf unsere Plätze im Matheraum.
Kat: »Weißt du, wer das neue Idol meiner Schwester ist?«
Ich: »Äh ... Avril Lavigne?«
Kat: »Nein, du.«
Ich: »Ich? Da finde ich Avril Lavigne aber cooler! Vor allem ihren Song *Na na na Skater Boy*, *miniminiminimini, he wanna guten naff, lolalala!*
Kat: »Am, du musst echt an deinem Englisch arbeiten!«

Während meiner (offenbar verunglückten) Avril-Lavigne-Showeinlage haben die anderen Mädchen in der Klasse zu reden aufgehört und Madame Gagnon hat gesagt: »Huhu, Britney Spears, willst du Mathe machen oder dich als Superstar bewerben?«
Ich muss schon sagen, wenn ich die Wahl hätte und *wirk-*

lich talentiert wäre, würde ich mich für letztere Option entscheiden. Trotzdem habe ich widerwillig »Mathe machen« gemurmelt, mich auf meinen Stuhl fallen lassen und zu Kat umgedreht, die so angestrengt das Lachen unterdrücken musste, dass sie ganz rot wurde und ihr Tränen über die Wangen liefen.

18:00

Kat ist ein bisschen geknickt, weil Ham sich nicht mit ihr treffen kann (will?). Wir haben uns sehr lange mit der Frage ob »kann« oder »will« beschäftigt. Beides sind Hilfsverben, aber mit ganz unterschiedlicher Bedeutung. Hams Erklärung: Er will was mit seinen Freunden machen. In den letzten Wochen haben er und Kat so aneinandergeklebt, dass er jetzt anscheinend das Bedürfnis nach Freiheit hat. Ich denke, dass Hams Freunde mehr Mut haben als ich. Den Mut, ihm zu sagen: »Hey, *Alter*, wir kriegen dich gar nicht mehr zu Gesicht!«
Nebenbei bemerkt, im Falle Kats hätte ich nicht gesagt: »Hey, Alter!« Ich hätte nicht mal »Hey, Alte!« oder »Hey, Was-auch-immer!« gesagt, weil das nicht meine Art ist. Obwohl es ja eine unserer Regeln ist, uns nie durch einen Jungen auseinanderbringen zu lassen, hat sich Kat nicht wirklich daran gehalten. Seit sie mit Ham zusammen ist, habe ich den Eindruck, dass sie sich nur noch mit ihm beschäftigt. (Man könnte fast glauben, dass sie keinen Gedanken mehr an David Desrosiers verschwendet.) Ich habe nachgeschaut, ob sich unter meinem Bett Riesenspinnen versteckt haben, nur zur Sicherheit ...

19:00
Wir haben eine Tonne Maoam gegessen! Mindestens! Dann sind wir auf meinem Bett herumgesprungen und haben Luftgitarre zur Musik von Simple Plan gespielt. Kat hat sogar von David Desrosiers geschwärmt. Ein Hoch auf Maoam!
Dann ist meine Mutter gekommen, um zu sehen, was wir machen, und als sie uns beim Springen auf meinem Bett erwischt hat, hat sie gesagt, wir sollten aufpassen, es könnte zusammenkrachen. Oh Mann! So was Blödes! Dabei hatten wir endlich mal wieder Spaß!
Als sie weg war, hat Kat gesagt, ich müsse endlich mit meiner Mutter über meine Sorgen bezüglich ihrer Beziehung zu M.B. sprechen.
Sie hat sich auf mein Bett gesetzt und mich lange angesehen. Ich dachte schon, ihr wäre schlecht von dem vielen Zucker, aber dann hat sie ganz ernst mit mir geredet.
Kat: »Jetzt mal ehrlich, was ist dein Problem mit deiner Mutter?«
Ich: »Du verstehst gar nichts!«
Kat: »Was verstehe ich nicht?«
Ich: »Ich will, dass sie glücklich ist, aber ...«
Kat: »Aber was?«
Ich: »Ich habe Angst, dass ...«
Kat: »Dass was?«
Ich: »He, lässt du mich mal ausreden?«
Kat: »'tschuldigung.«
Ich: »Ich habe Angst, dass dadurch irgendwie ... mein Vater aus unserem Leben verschwindet.«

Kat: »Häh?«
Ich: »Weißt du, ein paar Monate nach seinem Tod hat sie mir ein Foto von ihm gegeben und die anderen hat sie versteckt ...«
Kat: »Hat sie sie versteckt oder einfach weggeräumt?«
Ich: »Das ist doch das Gleiche!«
Kat: »Nein! Also, ich glaube, wenn jemand stirbt, muss man darüber hinwegkommen, mit dem Leben weitermachen.«
Ich: »Was weißt du denn davon? Du kennst nur einen, der gestorben ist, deinen Goldfisch!«
Kat: »Oooooh! Plutschi! Er fehlt mir so! Ich frage mich immer noch, warum er aus seinem Glas gesprungen ist. Dummer kleiner Selbstmordgoldfisch! Und mein Hamster ist eine Nymphomanin! Hahaha!«
Ich: »Haha.«
Kat: »Na ja, du hast recht, ich habe nicht viel Erfahrung in dem Gebiet. Aber wenn deine Mutter glücklich ist und sich gut fühlt und deswegen eher in der Lage ist, über deinen Vater zu sprechen ... dann würde er doch sozusagen wieder mehr Platz in eurem Leben einnehmen.«
Ich: »Kat!«
Kat: »Was?«
Ich: »Wie bist du denn darauf gekommen?«
Kat: »Och ... ich habe eine Menge Seifenopern gesehen! Hey, wollen wir mit deinem Vater über Gläserrücken Kontakt aufnehmen und ihn fragen, ob er einverstanden ist, dass deine Mutter einen Freund hat?«
Ich: »Nein, ist schon in Ordnung.«

Kat: »Angsthase!«
Ich: »Übrigens ... warum hast du ihn eigentlich Plutschi genannt?«
Kat: »Na ... wie ein ›Plutsch‹ im Wasser!«
Ich: »Wäre das nicht eher ›Pitsch‹ oder ›Platsch‹?«
Kat: »Ach, du mit deinen Wer-wird-Millionär-Wörtern! Hey! Wir rufen erst mal Plutschi und fragen ihn, warum er sich umgebracht hat!«

20:00

Wir haben dann doch nicht Gläserrücken gespielt (puh!), sondern einen Artikel in der *Miss* gelesen mit dem Titel: »Was denkt er wirklich?«
Darin stand, dass ein Junge, der sich durch die Haare streicht, schüchtern ist; dass er, wenn er die Hände in den Hosentaschen hat, etwas verstecken will; wenn er die Nase mit dem Zeigefinger berührt, nachdenklich ist und wenn er sich die Nase kratzt, lügt.
Kat: »Aber was ... wenn er sich die Nase mit dem Zeigefinger kratzt?«
Ich: »Dann lügt er, aber er hat vorher über seine Lüge nachgedacht ... er ist also ein intelligenter Lügner.«

20:17

Kat hatte eine Erleuchtung. Als Ham ihr eröffnet hat, er würde sich heute lieber nicht mit ihr treffen (weil seine Freunde ihm vorgeworfen haben, dass er kaum noch Zeit mit ihnen verbringt), hatte er die Hände in den Taschen, und danach hat er sich an der Nase gekratzt.

Kats Schlussfolgerung, inspiriert durch die *Miss*: Er hat sich in ein anderes Mädchen verknallt (obwohl in der *Miss* nichts davon steht, dass dies bedeutet, der Junge habe sich in ein anderes Mädchen verknallt).

21:34

Kat ist ziemlich bedrückt nach Hause gegangen. Ich weiß nicht, ob das an der bedrohlichen Menge Maoam lag, die wir vertilgt haben, oder weil sie wirklich glaubt, dass Ham mit ihr Schluss machen will. Vielleicht liegt es auch an der Erinnerung an Plutschi ... (Ja, das wird's sein!)

Samstag, 19. November

Ach du Schreck: Meine Mutter trägt String-Tangas! Ich habe es heute beim Putzen entdeckt!

Monsieur Beaulieu will nicht, dass wir in der Schule welche tragen. (Ein paar Mädchen aus der Elften haben zu Beginn des Schuljahrs ihre Tangas oben aus dem Rock gucken lassen, weil sie das cool fanden. Ich fand, es sah eher so aus, als schnürten sie sich damit die Blutzirkulation ab.) Aber D.B. bringt meine Mutter dazu, einen zu tragen!

Ganz ehrlich, ich verstehe die Liebe nicht! Dabei fahren alle voll darauf ab. Neulich habe ich gehört, wie Nadine gesagt hat, sie sei auf Diät, weil sie kein Glück mehr bei den Jungs habe. Sie wolle Zucker komplett aus ihrem Ernährungsplan streichen. Also echt, wenn ich zwischen einem Freund oder Maoam oder Jelly Beans wählen müsste, ich würde die Süßigkeiten nehmen, so viel ist sicher!
Ich verstehe nicht, warum man so scharf auf etwas ist, das einen plötzlich in eine ganz andere, total fremde Person verwandelt!
Es wäre mir lieber, ich hätte nie erfahren, dass meine Mutter Strings trägt. Ich glaube, das kann ein Trauma auslösen!

19:00

Ich habe Kat angerufen, um sie zu fragen, was für Unterhosen ihre Mutter trägt. Nach einer Ninja-würdigen Spionage-Aktion hat sie mich zurückgerufen, um mir zu berichten, dass ihre Mutter heißluftballongroße Riesenschlüpfer trägt, die null sexy sind. Das hatte ich mir gedacht.

20:00

Ich habe den Abend damit verbracht, im Internet nach einer Methode zu suchen, um traumatische Ereignisse zu verarbeiten. Möglicherweise könnte mir Hypnose helfen.

21:00
Ich habe versucht, mich selbst zu hypnotisieren, aber es war so langweilig, dass ich dabei eingeschlafen bin.

21:15
Ich bin auf den Gedanken gekommen, dass ich vielleicht eingeschlafen bin, *weil* ich mich selbst hypnotisiert habe. Also bin ich zu meiner Mutter gegangen und habe sie gefragt, ob ich in der letzten halben Stunde irgendetwas Seltsames gemacht habe, etwa wie ein Huhn gegackert oder so, und sie hat geantwortet, ich zitiere: »Du hast in der letzten halben Stunde nichts Seltsames gemacht, aber *gerade jetzt* bist du sehr seltsam.« Fast hätte ich entgegnet: »Nicht so seltsam wie Leute, die Strings tragen!« Aber ich habe mich zurückgehalten, weil ich es vorziehe, mir die String-Tanga-Geschichte für eine Gelegenheit aufzuheben, in der ich *wirklich* ein schlagendes Argument brauche.

Sonntag, 20. November

Angeblich hatte Ham die Hände in den Taschen, als er mit Kat gesprochen hat, weil er darin ein Geschenk für sie versteckte. Das würde die Theorie bestätigen, nach der Nasekratzen ein Hinweis auf eine Lüge ist, weil er sie hinsichtlich des Geschenks belogen hat. Hypothese: Es ist möglich, dass Kat ihm von dem Artikel und von den Verhaltensweisen erzählt hat, die verraten, was eine Person denkt, und er sich daraufhin so schuldig fühlte, dass er sich diese Sache mit dem Geschenk nur ausgedacht hat – was mal wieder bestätigt, dass er ein bescheuerter Lügner ist! (Das »bescheuert« ist geschenkt!) Hams Geschenk für Kat: ein kleiner Bär (hässlich) mit einem T-Shirt, auf dem steht: »I ♥ you«. Total kitschig, aber Kat war sofort hin und weg.

Feststellung: Die Liebe macht benebelt, willenlos und geistig minderbemittelt!

Montag, 21. November

Ich habe die Schule schon immer gehasst. Aber seit heute noch viel mehr! Ich hatte das Pech, als Erste mein Referat halten zu müssen. Ich stehe vor der ganzen Klasse, mit einem Blatt in der Hand und zitternden Knien.

31. August, neun Jahre zuvor

Mein erster Schultag in der Vorschule. Bevor ich in die Vorschule kam, passte meine Großmutter Charbonneau auf mich auf. Daher war ich nicht so »sozialisiert« wie die anderen Kinder, die vorher schon in den Kindergarten gingen.

Als ich in die Vorschule kam, war ich ziemlich schüchtern. Am ersten Tag haben mich meine Eltern beide begleitet und ich habe mich sofort auf die unbekannten Spielsachen gestürzt. Aber es hat nicht lange gedauert, bis mir die Vorschule ziemlich auf die Nerven ging.

Wir waren erst zwei Wochen da, als die Lehrerin uns die Aufgabe stellte, aus einem Katalog alle gelben Sachen auszuschneiden. Ich habe den Katalog links liegen lassen und mich mit (meiner Meinung nach) interessanteren Dingen beschäftigt.

Die Lehrerin ist zu mir gekommen und hat mich gefragt, warum ich keine gelben Sachen aus dem Katalog ausschnitt und ich antwortete: »Weil das keinen Sinn hat.« Was mir völlig logisch erschien, selbst mit fünf.

Ich bekam eine sehr schlechte Note für mein Verhalten. Für das ganze Jahr! Ehrlich gesagt, war »Verhalten« schon immer meine schlechteste Note ...

Zurück zu Montag, dem 21. November

Ich stehe mit dem Rücken zur Tafel, mit dem Gesicht zur Klasse. Ich kann nicht verhindern, dass meine Knie zittern. Ich höre nur das »Bsss« der Neonröhren an der Decke. À propos Neonröhren, was für eine Scheiß-Beleuchtung! Ups. Konzentration.

Madame Claude: »Amélie ... leg los, wann du willst!«

Ich würde gerne antworten, dass ich ja gerade *nicht* will. Ich will mein Referat nicht halten. Im Begabtenkurs habe ich keine einzige Freundin! Wenn Kat da wäre, könnte ich sie wenigstens anschauen.

In meinem Referat geht es um den Saturn. Das Thema habe ich mir ausgesucht, weil mich das Weltall in letzter Zeit so beschäftigt. Und da der Saturn letzten Monat in meinem Sternzeichen stand und für einige Turbulenzen gesorgt hat (zumindest laut Kat), wollte ich mehr über diesen Planeten erfahren. (Allerdings werde ich diesen Punkt nicht in meinem Referat erwähnen, weil dann alle denken würden, dass ich an esoterischen Quatsch glaube.)

Gestern Abend hat meine Mutter mir den Tipp gegeben, ich sollte mir einfach alle in Unterhose vorstellen, wenn ich aufgeregt wäre. Ich war etwas verblüfft, dass sie ausgerechnet von Unterwäsche sprach, aber ich habe ihr nicht gesagt, dass ich von ihrer neuen Leidenschaft für *sexy* Dessous Wind bekommen habe. Ach, Mist! Ich schaffe es zwar nicht, mir die Leute in meiner Klasse in Unterhose vorzustellen, aber dafür sehe ich jetzt meine Mutter im Tanga vor mir!

O.k., los geht's, 3, 2, 1 ...
Ich: »Ähm ... also, in meinem Referat geht es um einen Planeten. Äh ... um Saturn. Also ... Saturn ist der sechste Planet von der Sonne aus gesehen. Man kann es sich ganz leicht mit dem Satz merken: ›Mein Vater erklärt mir jeden Sonntag unseren Nachthimmel.‹ Das ist eine Eselsbrücke für die Planeten des Sonnensystems. ›M‹ steht für Merkur, ›V‹ für Venus, ›E‹ für Erde, das zweite ›M‹ für Mars, ›J‹ für Jupiter, ›S‹ für Saturn, mein Thema, und so weiter. Jedenfalls ... Also, ihr wisst das bestimmt ... wir haben das ja schon in der sechsten Klasse gelernt ... o.k., also ich weiß auch nicht, warum ich euch das jetzt noch mal erzähle ... ähm ... also, auf jeden Fall ist er der zweitgrößte Planet im Sonnensystem. Leider gibt es keine Eselsbrücke, um sich das zu merken. Haha.«

In Gedanken: Ich stelle mir vor, ich sitze in einem Raumschiff und explodiere. Puff!

Ich fahre fort: »Ähm ... jedenfalls ... äh ...« (Ich schaue auf mein Blatt) »Galileo war der Erste, der ihn durch ein Teleskop beobachtete, im Jahre ... äh ...« (ich schaue auf das Blatt) »1610.« (Keine Ahnung, warum ich plötzlich mit einem komischen Akzent spreche.) »Über diesen Planeten ... äh ... war man sich lange Zeit nicht einig, aufgrund der Ringe, ich meine, aufgrund seiner Ringe. Die ganze Welt dachte, dass Saturn ... äh ... der einzige Planet ist, der welche hat, aber dann gab es weitere Forschungen und so weiter und dann hat man 1977 einen

Ring um Uranus entdeckt und ein bisschen später« (ich schaue auf mein Blatt) »um Jupiter und« (ich schaue erneut auf meine Notizen) »um Neptun. Ähm, also ... äh ... um zum Ende zu kommen, Saturn stand im Oktober im Sternzeichen Krebs und das hat für Leute mit diesem Sternzeichen für einige Turbulenzen gesorgt.«

In Gedanken: Ich stelle mir vor, ich bin Plutschi und springe aus meinem Glas. Wuaaah! Platsch!

16:00

Ich liege in meinem Zimmer unter meiner Bettdecke und verstecke mich vor dem Rest der Menschheit. Ich frage mich, ob es auf der Welt noch andere Leute gibt, die sich heute öffentlich blamiert haben. Als ich gestern mein Referat vor meiner Mutter geübt habe, hat alles super geklappt, aber heute vor den Strebern im Französischkurs ging überhaupt nichts. Und was sollte dieser komische Akzent, mit dem ich gesprochen habe?????!!!!????? Ich bin wie Saturn, nur dass bei mir die Ringe *im* Kopf sind.

19:00

Meine Mutter hat mich gefragt, wie mein Referat gelaufen ist. Ich antwortete, dass ich sie mir alle in *ihrer* Unterwäsche vorgestellt habe! Nein, das stimmt nicht, ich habe geantwortet, dass es schlecht gelaufen ist und dass ich mit Sicherheit durchfallen werde.

Dienstag, 22. November

Juhuu! Der erste Schnee! Es wurde auch Zeit, die Weihnachtsdekoration sieht ohne Schnee so komisch aus. Übrigens kommt die Weihnachtsdekoration jedes Jahr früher. Als hätten die Weihnachtsorganisatoren Angst, dass man zu feiern vergisst oder so.
Oder vielleicht ist der Weihnachtsmann durch die ganzen Kekse, die er überall bekommt, so dick geworden, dass er seine Tour schon früher beginnen muss, weil er nicht mehr so einfach durch den Kamin kommt.
O.k., was ich gerade gesagt habe, ist totaler Schwachsinn! Klar weiß ich, dass es keinen Weihnachtsmann gibt. Das weiß ich, seit ich sieben bin. Als ich herausfand, dass mein Vater sich als Weihnachtsmann verkleidete, fand ich es echt merkwürdig, dass mir meine Eltern so was vorgemacht hatten! Aber mal ehrlich! Was bitte bringt es, den Kindern vorzugaukeln, es gäbe einen dicken roten Mann, der am anderen Ende der Welt wohnt und den Kindern Geschenke bringt? Das habe ich nie begriffen.
An diesem Tag habe ich nicht nur aufgehört, an den Weihnachtsmann zu glauben, ich habe auch ein bisschen den Respekt vor meinen Eltern verloren. Und auch ein bisschen Vertrauen. Danach begegnete ich allem, was sie mir erzählten, mit Misstrauen. Ich habe mir gedacht,

wenn sie mich schon wegen so einer lächerlichen Sache wie dem Weihnachtsmann belügen, welche wichtigeren Dinge verheimlichten sie mir dann erst?

8:55

Riesendiskussion über unsere Schuluniform. Übrigens kommt das Thema jedes Jahr zum Winteranfang auf. Ich sage »jedes Jahr«, dabei ist es eigentlich erst das zweite Jahr. Meine Behauptung stützt sich also nur auf letztes Jahr, als zu Winterbeginn fast alle über die Uniform meckerten. Normalerweise gibt es dann noch eine zweite Protestwelle am Schuljahresende. Im Herbst hingegen ist alles in Ordnung. Aber im Winter mit einem Rock durch die Gegend zu rennen, ist schon verdammt kalt an den Beinen. Und im Sommer schwitzt man wie blöd unter diesen dicken Schottenröcken.
Dieses Jahr haben die Mädchen aus der Elften eine Petition vorbereitet. Einige haben sie schon unterschrieben und sie haben sie Monsieur Beaulieu vorgelegt, um durchzusetzen, dass die Schuluniform abgeschafft wird. Was mischen sich die Elftklässlerinnen da überhaupt ein, die sind im nächsten Jahr doch sowieso nicht mehr an der Schule!!!
Ihr Hauptargument: Die Schuluniform hindere sie daran, ihre Persönlichkeit auszudrücken. Was für ein bescheuertes Argument! Bart Simpson trägt seit 500 Folgen dasselbe, und ich finde nicht, dass das auch nur das Geringste an seiner Persönlichkeit ändert! Gleiches gilt für den Weihnachtsmann!

10:50

Französischunterricht.

Kat war in Mathe komplett in ihrer eigenen Welt. Seit sie mit Ham zusammen ist, ist sie jeden Tag am Dauergrinsen. Ich wollte ihr eine Nachricht rüberschieben, um sie zu fragen, was Ham heute so Außergewöhnliches getan hat, um sie in diesen Zustand zu versetzen (ich fragte mich echt, ob es möglich ist, die kitschige Aktion mit dem Bären noch zu toppen). Madame Gagnon saß uns aber dermaßen im Nacken, dass ich mich nicht getraut habe. Und während der Pause wurden wir von einer Mädchenhorde aus der Elften belagert, die wollten, dass wir ihre Anti-Uniform-Petition unterschrieben. Mein Bart-Simpson-Beispiel hat sie übrigens nicht überzeugt. Und dann musste ich auch schon zum Französischunterricht.

10:55

Madame Claude: »Ruhe!!! Ihr könnt euch auch noch in der Mittagspause über die Schuluniform unterhalten. Ich nehme an, ihr seid neugierig auf eure Referatsnoten?«

Und Blablabla, bis ich erfahre, dass Nadine die beste Note für ihr Referat über Honigproduktion bekommen hat (was für ein superödes Thema!). Sie hatte sich einen Imkerhut aufgesetzt und ein Spektakel daraus gemacht. Sollen sie es doch gleich sagen, wenn sie kein Referat wollen, sondern eine Theatervorführung!

Meine Note: 3- (Puh! Wenigstens bestanden!)

Thema: 10 von 10 Punkten

Ausschöpfung des Themas: 8 von 10 Punkten
Gliederung: 6 von 10 Punkten
Recherche: 7 von 10 Punkten
Vortrag: 6 von 10 Punkten

17:00

Was für ein Tag!!
Nach dem Französischunterricht wollte Madame Claude mit mir sprechen. Bevor sie mich schnappen konnte, sah ich noch Kat durch die geöffnete Tür. Ich habe Kat signalisiert, dass sie kurz auf mich warten soll, aber sie hatte mich offensichtlich nicht gesehen (vermutlich war sie in Gedanken bei Ham und seinem hässlichen Bären).
Madame Claude hat mir einen langen Vortrag gehalten, dass meine Noten sich im Vergleich zu allen anderen im Begabtenkurs sehr verschlechtert hätten. Dass sie mehr von mir erwartete. Eine Schülerin im Begabtenkurs müsse mindestens eine Zwei haben. Darauf antwortete ich:
»Madame Claude, können Sie sich noch an die Note erinnern, die Sie in der Neunten für Ihr Referat bekommen haben?«
»Ähm ... nein. Warum?«
»Sehen Sie, ich hatte auch vor, sie zu vergessen.«
Ich dachte schon, sie würde mich zum Direktor schicken (normalerweise passiert das, wenn ich so offenherzig bin), aber sie hat es nicht getan. Stattdessen hat sie gefragt, ob ich mich im Begabtenkurs am rechten Platz fühlte oder ob ich lieber in eine andere Gruppe wechseln

möchte, die besser zu mir passen würde. Das hat meinen Stolz getroffen und ich habe das natürlich verneint. Aber gefühlt habe ich mich wie eine Ausgestoßene.

Danach bin ich zur Toilette gegangen, wo ich Kat mit Nadine und Marilou getroffen habe. Die drei redeten über ihren ersten Kuss. Kat stürzte sich auf mich und fragte, wie meine Note für mein Referat ausgefallen sei, und ich antwortete: »Ganz o.k.« Sie erwiderte: »War ja klar, dass du dir ganz umsonst Sorgen machst!« Nadine erzählte, dass sie eine Eins bekommen hatte (was ich bereits wusste) und dann fragte sie mich, wie denn mein erster Kuss gewesen sei. Ich weiß, Nadine hat das nur gesagt, um mich ins Gespräch miteinzubeziehen, und ich sollte ihr dafür dankbar sein. Trotzdem wurde ich den Eindruck nicht los, sie habe mir diese Frage nur gestellt, um mich spüren zu lassen, dass ich das einzige Mädchen auf der Toilette war, das noch nie einen Freund hatte und noch nie geküsst hat. Also habe ich blitzschnell überlegt und mich daran erinnert, wie ich Daniel Radcliffe in 2D auf dem Poster zu *Harry Potter und der Feuerkelch* einen Kuss gegeben hatte, und erwiderte: »Der letzte Typ, den ich geküsst habe, war ... ziemlich distanziert. Kein besonders guter Küsser.«

Als wir die Toilette verließen, hat Kat mich gefragt, wer denn mein Ex-Freund sei, und ich habe ihr gestanden: »Das Daniel-Radcliffe-Poster!« Ich dachte, sie würde ersticken, so sehr hat sie gelacht. Ich habe mich bei ihr bedankt, dass sie vor den anderen nichts gesagt hat. Das hätte alles verdorben, wenn Kat ausgerufen hätte: »Was, du hattest doch noch nie einen Freund???????!!!!!!!« Kat erwiderte, ich zitiere: »Das würde ich meiner besten Freundin niemals antun!«

Erkenntnis: Auf der Toilette mit jemandem übers *Knutschen* zu reden, macht aus diesem Jemand noch keine Freundin, sondern nur eine Person, mit der man eine Erfahrung teilt.

Erkenntnis Nr. 2: Trotzdem halte ich daran fest, dass die Liebe das Gehirn aufweicht, und als Person mit akuten Schulproblemen kann ich auf ein reibungslos funktionierendes Gehirn gerade absolut nicht verzichten!

Erkenntnis Nr. 3: Wenn du in einem Begabtenkurs bist, betrachten dich die Mädchen der anderen Kurse mit einer gewissen Verachtung. Sie bezeichnen dich als *Nerd*, Streberin und Ähnliches. Aber eigentlich sind diese offensichtlichen Beleidigungen getarnte Komplimente, denn wenn man sie übersetzt, bedeuten sie: »Person mit überdurchschnittlicher Intelligenz«. Aber wenn man in einem Begabtenkurs die Dümmste ist, betrachten dich diese »Personen mit überdurchschnittlicher Intelligenz« als nicht würdig, Teil ihrer Gruppe zu sein. Ergebnis? Du gehörst nirgendwo dazu.

Erkenntnis Nr. 4: Da ich am heutigen Tag zu mehreren Erkenntnissen gekommen bin, trifft auf mich der Satz zu: »Ich gehe schlauer zu Bett, als ich aufgestanden bin«. Das heißt, ich habe meinen I.Q. verbessert, was vielleicht dazu führt, dass sich auch meine Noten verbessern. *Yes!*

Unbedingt erledigen: Zu mehr Erkenntnissen am Tag gelangen, um meinen I.Q. zu steigern.

Donnerstag, 24. November

Nach der Schule habe ich die Hamsterbabys besucht. Sie sind megasüß! Julianne hat ihnen Namen gegeben. Ich habe Kats Schwester gefragt, wie sie ihr Geschlecht herausgefunden hat. Sie erklärte, sie hätte sie nicht umgedreht und nachgeschaut, sondern sie nach ihrem Gesicht beurteilt. Als Julianne das sagte, hat Kat die Augen verdreht.
Der Hässlichste, der offenbar ganz nach seinem Vater kommt, heißt Bacon Junior. Derjenige, der Caprice am ähnlichsten sieht, heißt Buffy, und der Hamster, der wie eine Mischung aus beiden aussieht, heißt Bono. Diesen Namen hat ihr Vater ausgesucht, weil er auf die Band

U2 steht und weil dann alle drei Namen mit »B« anfangen.
Ich: »Hey!!! Ich kenne auch einen Bono!«
Kat: »Ach ja? Wen?«
Ich: »Einen Papagei. Er sagt: ›Blöder Arsch.‹ Das hat er von Nicolas' Bruder gelernt, aber den Namen hat er von seinem Onkel.«
Kat: »Nicolas' Bruder? Nicolas – Nicolas Pseudo-Ryan?«
Ich: »Ähm ... ja.«
Kat: »Du hast ihn wiedergesehen?«
Julianne: »Wer ist das?«
Kat und ich: »Niemand!!«
Kat: »Hast du mit ihm geredet?«
Ich: »Ja. Er hat mir geholfen ... wegen der Hamsterbabys.«
Julianne: »Also ist er nicht ›niemand‹!«
Kat: »Warum hast du mir das nicht erzählt?«
Julianne: »Selbst wenn sie es dir erzählt hätte, würdest du dich nicht daran erinnern! Dich interessiert ja nur Ham!«
Ich muss gestehen, dass Julianne mir die Worte aus dem Mund genommen hat, auch wenn ich es vielleicht nicht *so* formuliert hätte.
Kat: »Natürlich würde ich mich daran erinnern, ich leide doch nicht unter Gedächtnisschwund!«
Ich: »Ich bin nicht dazu gekommen ...«
Julianne: »Weil du die ganze Zeit von deinem Super-Freund geredet hast!«
Kat: »Er ist ja auch super!«

Julianne und ich haben uns aus den Augenwinkeln komplizenhaft zugelächelt.
Ich: »Ganz ehrlich, ich habe dir nichts erzählt, weil es nichts zu erzählen gibt.«
Kat: »Nächstes Mal komme ich mit!«
Julianne: »Du gehst nicht wegen der Hamster mit, sondern bloß, weil du dich für die Liebe interessierst.«
Kat: »Die Hamsterbabys sind geboren worden, weil *du* dich für die Liebe interessiert hast ... für Hamsterliebe! Ich interessiere mich wenigstens für Liebe zwischen MENSCHEN!«
Das Telefon klingelt. Julianne geht dran und gibt den Hörer an Kat weiter, dabei sagt sie: »Es ist Haaaaaaaam!«, als würde sie ihre Schwester nachmachen.
Kat: »Hallo, mein Hamuminu!«
Julianne und ich sehen uns an und verdrehen die Augen.
Kat: »Nein, du störst überhaupt nicht, ich hänge nur mit meiner Schwester und Amélie ab.«
Julianne und ich sehen uns an und denken beide dasselbe: Na, danke auch!
Kat: »Oh, du fehlst mir auch! O.k., dann sehen wir uns später. Tschüss, mein Schatz! Nein, leg du auf! Nein, du zuerst! Du! Leg jetzt auf! Nein, ich will nicht auflegen! Nein, du, leg auf! Duuuuuu! Du!!!!!!!! Bitte leg jetzt auf. Ich kann nicht! Nein, du! Nein, du! Leg auf!«
Julianne: »LEG JETZT AUF!!!!!!!«
Kat: »Ich muss jetzt wirklich Schluss machen, ich muss mich mit meiner Schwester prügeln. Ciao! Ich dich auch. Tschüss, jetzt wirklich. Tschüss!«

Ich: »Ähm, ich muss sagen, ihr führt wirklich ... tiefsinnige Gespräche.«
Julianne: »So geht es die ganze Zeit! Ich halte das nicht mehr aus!«
Kat: »Hör mir mal gut zu, du musst ja nicht die ganze Zeit bei uns rumhängen, dann musst du es auch nicht hören! Such dir deine eigenen Freunde!«

Julianne sah mich an und ging dann raus.

Ich: »War das nicht ein bisschen hart?«
Kat: »Mann! Die kann echt nerven!«
Ich: »Deine Schwester ist eigentlich ziemlich cool!«
Kat: »Reden wir nicht mehr darüber. Reden wir über Nicolas! Hey! Cool! Er steht auf dich, das ist klar! Dann haben wir beide einen Freund und können zu viert was unternehmen! Cool!«
Ich: »Er steht nicht auf mich, und ich stehe nicht auf ihn. Wir laufen uns nur hin und wieder über den Weg.«
Kat: »Und dann wirst du in seiner Gegenwart total merkwürdig.«
Ich: »Also, das war immer nur Zufall, könnte man sagen, denn das letzte Mal war ich ganz normal. Fast.«

Es hat mindestens eine Stunde gedauert, bis ich Kat davon überzeugen konnte, dass es eher Ameisen regnet, als dass Nicolas und ich ein Paar werden! Anschließend haben wir über Ameisen rumgesponnen. Bei dem Gedanken, dass lauter Ameisen vom Himmel fallen könnten,

haben wir vor Ekel Gänsehaut bekommen. Brrrr! Es schüttelt mich, wenn ich nur daran denke!
Dann stellte sich heraus, dass Julianne uns die ganze Zeit belauscht hatte. Es regnete nämlich plötzlich kleine schwarze Ameisen auf uns runter! Als wir sie uns näher ansahen, merkten wir, dass es bloß Rosinen waren und hörten ein Lachen. Kat stürzte sich auf ihre Schwester, die laut »Papaaaaaaaaaaa!« brüllend davonrannte.

Freitag, 25. November

Kats Eltern wollen heute ausgehen, um das x-te Jubiläum ihrer Beziehung zu feiern. Sie haben Kat gebeten, auf ihre kleine Schwester aufzupassen, und Kat hat die Gelegenheit genutzt, Ham und mich für den Abend zu sich einzuladen. Julianne beharrt darauf, dass ihre Schwester auf sie aufpassen soll und hat gedroht, ihren Eltern alles zu petzen, wenn Kat gemein zu ihr sein sollte.
Ham findet die Hamsterbabys sehr hässlich, was nicht dazu beigetragen hat, bei Julianne Punkte zu machen.
Er hat eine Theorie aufgestellt, dass es »Hundemenschen« und »Katzenmenschen« gebe und dass man nicht

beides zugleich sein könne. Ich habe eingeworfen: »Und warum gibt es dann Leute, die einen Hund und eine Katze haben?« Das hat ihm die Sprache verschlagen.
Julianne hat ihn dann gefragt, ob er finde, dass Kat ein »Hamstermensch« sei, da sie einen Hamster als Haustier habe. Ich hatte Mühe, ein Grinsen zu unterdrücken und Kat wurde rot und versuchte, schleunigst das Thema zu wechseln.
Und dann hat Ham geredet und geredet und geredet. Es kam eine Theorie nach der anderen. Als er uns erklärte, warum japanische Filme besser als alle anderen Filme aus irgendeinem anderen Land sind, war ich kurz davor einzunicken (seine Stimme ist echt monoton und er spricht totaal langsaaam und seine Pseudo-Theorien sind für meinen Geschmack mehr als langweilig). Ich wurde allerdings blitzschnell wieder wach, als Julianne ihm ohne Vorwarnung einen Kräcker in den Mund steckte! Kat, die das nicht hatte kommen sehen, weil sie der Rede ihres Freundes so gebannt gelauscht hatte, rief empört: »Das sage ich Mama! Er hätte daran ersticken können.« Julianne erwiderte ungerührt: »Und ich sage Mama, dass du deinen Freund eingeladen hast, während du auf mich aufpassen solltest.«

Der Krieg zwischen Kat und ihrer Schwester ist erklärt!

P.S.: Ich habe darauf verzichtet, Kat zu sagen, dass ich die gleiche Idee hatte wie Julianne – nur etwa eine Stunde früher.

Montag, 28. November

Dieser November ist echt deprimierend. Der Schnee, der neulich gefallen ist, ist wieder verschwunden, und es ist nur noch grau. Im Winter gibt es immerhin Schnee, also ist es, selbst wenn es trüb ist, wenigstens ein bisschen fröhlich. Aber jetzt ...

Die Lehrer sind gestresst wegen der Prüfungen im Dezember und ziehen ihren Stoff megaschnell durch. Als hätten wir seit Anfang des Schuljahrs nur rumgetrödelt und müssten jetzt endlich anfangen zu arbeiten.

9:45

Alle Schülerinnen der Schule sind in die Aula bestellt worden. (Kat und ich freuen uns, dass Mathe ausfällt!) Monsieur Beaulieu hat eine Infostunde organisiert, in der sich eine gemeinnützige Organisation vorstellt, die ein Sorgentelefon für Jugendliche eingerichtet hat. Die Leute von *Wir hören zu* teilen Flyer aus und erklären, dass man sie kostenlos anrufen könne, wenn man einmal das Bedürfnis habe, sich jemandem mitzuteilen.

Ich sehe mir den Flyer an. Es sind viele fröhliche Bilder darauf und kleine Sprüche nach dem Motto:

»Du fühlst dich immer wie der Sündenbock? Ruf uns an, *wir hören zu*!« Daneben sieht man den Kopf eines

Jungen auf dem Körper eines Ziegenbocks. Ziemlich gruselig.

»Du fühlst dich wie das fünfte Rad am Wagen? Ruf uns an, *wir hören zu*!« Das Bild zeigt ein zusammengerolltes Mädchen als Wagenrad.

»Du fühlst dich nicht wie ein Fisch im Wasser? Ruf uns an, *wir hören zu*!« Und man sieht den Kopf eines Jungen auf dem Körper eines Goldfischs, der aus seinem Glas springt.

Kat, die sich ebenfalls den Flyer anschaut, macht mich darauf aufmerksam, dass das Bild sie an Plutschi erinnert. Wir fangen leise an zu kichern, aber Monsieur Beaulieu hört uns sofort. Am liebsten würde ich mich melden und fragen: »Darf man auch anrufen, wenn man eine Mutter hat, die mit dem Schuldirektor zusammen ist?«, aber ich halte mich zurück.

Als ich den Flyer umdrehe, sehe ich:

»Du fühlst dich wie ein Außerirdischer? Ruf uns an, *wir hören zu*!«

Ich höre mit einem Schlag auf zu lachen und mache mich auf dem unbequemen Stuhl in der Aula ganz klein.

20:00

Ich habe die Nummer von *Wir hören zu* schon sechsmal gewählt und jedes Mal wieder aufgelegt.

Das siebte Mal schaffe ich es.

Ehrenamtliche Mitarbeiterin bei *Wir hören zu* (mit einer freundlichen Stimme): »*Wir hören zu*, guten Tag!«

Ich: »Äh ... ja, hallo, ich heiße Am...«

Mitarbeiterin: »Du kannst ruhig anonym bleiben.«
Ich: »Ah, o.k. ... also, ich heiße Ame ... l. Amel.«
Mitarbeiterin: »Wir hören zu!«
Ich: »Ich bin eine Außerirdische!«
Mitarbeiterin: »Du meinst, dass du dich anders fühlst als die anderen ...?«
Ich: »Also, das auch, aber ich glaube, dass ich *wirklich* eine Außerirdische bin.«
Mitarbeiterin: »Warum?«
Ich: »Hier die Beweise: 1) Ich habe kein Idol. Ich mag Daniel Radcliffe, aber nur, weil ich ihn süß finde und da ich noch nie jemanden geküsst habe, übe ich manchmal mit ihm ... ach ja, da wären wir schon bei Nummer 2): Ich knutsche mit einem Filmplakat oder meinem Arm, dabei haben alle anderen Mädchen in meinem Alter schon jemanden in echt geküsst. 3) Es ist unmöglich, dass ich mich eines Tages verliebe, weil dadurch das Gehirn aufweicht und darauf habe ich echt keinen Bock! Ich brauche ein funktionierendes Gehirn, um meine Noten zu verbessern, vor allem in Französisch, weil ich die Dümmste im Streberkurs bin. Ich bin da vermutlich aus Versehen gelandet, als Opfer des Systems. 4) Bei mir zu Hause gibt es Meteoritenstaub ... na ja, in anderen Häusern auch, aber jedenfalls 5) kann es sein, dass meine Mutter eine Affäre mit unserem Direktor hat. 6) Gibt es einen Jungen, vor dem ich mich permanent blamiere und 7) ist mein Vater an einer Lungenembolie gestorben, puff, einfach so. Und auch wenn Sie meine Theorie blöd finden, glaube ich, dass er in Wahrheit ein Außerirdischer

ist und auf seinen Planeten zurückmusste, weil da ein Virus ausgebrochen ist und er der Einzige war, der sein Volk retten konnte!«

Mitarbeiterin: »Er war Arzt?«

Ich: »Nein ... aber ... kann doch sein, dass das auf seinem Planeten egal ist!«

Mitarbeiterin: »Warum denkst du, dass dein Vater auf einem anderen Planeten ist?«

Ich: »Äh ... weil ich keinen anderen Ort kenne, an dem er sein könnte.«

Mitarbeiterin: »Im Paradies?«

Ich: »Wo soll das sein, das Paradies?«

Mitarbeiterin: »Im Himmel.«

Ich: »Na eben!«

Mitarbeiterin: (Schweigen.)

Ich: »Als mein Vater gestorben ist, hat meine Mutter gesagt, sie wüsste nicht, was der Tod ist. Sie hat gesagt, sie wolle ehrlich mit mir sein.«

Mitarbeiterin: »Und wie hast du dich dabei gefühlt?«

Ich: »Am Anfang, als mein Vater gestorben ist, habe ich nicht wirklich verstanden, was passiert war. Ich war traurig, aber ich war so daran gewöhnt, ihn nach Hause kommen zu sehen, dass ich glaubte, er würde irgendwann wieder nach Hause kommen ...«

Mitarbeiterin: »Und glaubst du das immer noch?«

Ich: »Nein, aber ... ich stelle mir vor, dass er auf einem anderen Planeten ist.«

Mitarbeiterin: »Aber dir ist bewusst, dass das deine Vorstellung ist.«

Ich: »Und die Vorstellung vom Rest der Welt ist, dass jemand, der gestorben ist, im Paradies ist?«
Mitarbeiterin: »Macht es dich traurig, dass deine Mutter dir keine schöne Vorstellung vom Tod gibt?«
Ich: »Sogar die Mutter meiner Freundin hat gesagt, als ihr Goldfisch gestorben ist, dass er in den Himmel kommt!«
Mitarbeiterin: »Vielleicht wollte deine Mutter ihre persönlichen Werte, ihren eigenen Glauben mit dir teilen.«
Ich: »Welchen Glauben? Sie glaubt an gar nichts, außer daran, dass immer alles sauber sein muss!«
Mitarbeiterin: »Sie wollte dir zweifellos das sagen, was sie für richtig hält. Vielleicht solltest du mit ihr darüber reden.«
Ich: »Das geht nicht ... Sie weint, wenn wir darüber reden.«
Mitarbeiterin: »Besteh darauf. Du solltest darüber mit ihr reden, und über die Sache mit deinem Direktor auch.«
Ich: »Das ist nicht so leicht, wenn sie sich nur für Meister Propper interessiert!«
Mitarbeiterin: »Wenn du die Gründe für deine Sorgen mit Respekt formulierst, wird alles gut gehen.«
Ich: »O. k. Vielen Dank ...«
Mitarbeiterin: »Noch etwas ... Was den Jungen angeht, bei dem du dich immer blamierst. Als dein Vater gestorben ist, hat es dir das Herz gebrochen ... Stimmt's?«
Ich: »Dafür braucht man keinen überdurchschnittlichen I.Q., um darauf zu kommen!«

Mitarbeiterin: »Und du hast dir sicher einen Panzer zugelegt, um weiterleben zu können. Aber der große Schmerz, den du erlebt hast, sollte dich nicht daran hindern, andere Gefühle zu erleben. Mit anderen Worten: Auch wenn dein Vater gestorben ist, solltest du dich nicht vor dem Leben verstecken.«
Ich: »Ich verstecke mich nicht vor dem Leben! Und was hat das mit dem Jungen zu tun, vor dem ich mich immer blamiere? Und was ist mit der Außerirdischen-Theorie?«
Mitarbeiterin: »Weißt du, anders zu sein als die anderen ist etwas Positives. Du wirst deinen eigenen Platz finden, wo du ganz du selbst bist.«

Pfff! Man merkt, dass das ein kostenloser Service ist. Was für ein Blödsinn!

21:00
Noch mal Pfff! Ich bin sicher, die hat nicht mal Psychologie studiert!

21:30
Vielleicht hat sie doch ein bisschen recht (auch wenn sie ganz sicher nicht Psychologie studiert hat), ABER ICH RUFE SIE GARANTIERT NICHT WIEDER AN!

Dezember

Mein Glücksstern

Donnerstag, 1. Dezember

Auch wenn immer noch kein Schnee liegt, sieht es mehr und mehr nach Weihnachten aus. In den Bäumen und an allen Häusern in unserem Viertel hängt Weihnachtsbeleuchtung! Und im Radio laufen Weihnachtslieder.

À propos Weihnachtslieder ... man muss keine Leuchte in Englisch sein, um zu verstehen, worum es in den Liedern *Please Be Home for Christmas* oder *I'll Be Home for Christmas* geht, und jedes Jahr, wenn ich sie höre, spüre ich einen kleinen traurigen Stich im Herzen. Meine Mutter auch. Immer, wenn eines dieser Lieder im Radio läuft, wechseln wir den Sender. Das ist keine stillschweigende Übereinkunft zwischen uns, wir machen das automatisch. Fröhliche Weihnachtslieder bringen Freude ins Herz, aber melancholische Weihnachtslieder, Mann, die sind echt supertraurig!!!

7:30

Meine Mutter hat mich zur Schule gefahren. Als wir beim Weihnachtsbaumverkäufer am Ende der Straße vorbeikamen (wo es supergut riecht!!!), hat sie gesagt, dass wir Samstag unseren Baum schmücken werden. Sie hat noch hinzugefügt, ich solle ihr einen Wunschzettel schreiben, was mich daran erinnert hat, dass ich ihr auch etwas kaufen sollte. Allerdings brauche ich keinen Wunschzettel, ich weiß auch so, was ihr gefällt: *sexy* Unterwäsche! Aber das wäre echt komisch, wenn ich ihr die schenken würde. Hmm. Ich werde versuchen, mir was anderes einfallen zu lassen.

16:00

Kat und ich haben nach der letzten Stunde lange in der Schule rumgegammelt. Sie wollte, dass ich ihr bei ihren Französisch-Hausaufgaben helfe. Aber dann hat sich das Ganze in eine Riesenwerbeveranstaltung für ihren (in Kats Augen) großartigen *Freund* verwandelt! Ich habe mir Kat im Fernsehen vorgestellt, wie sie sagt: »Kaufen Sie den Ham! Er wird ihr Leben verändern!« – »Den Ham gibt es in drei Farbausführungen: kalkweiß im Winter, gebräunt im Sommer und rot, wenn ihm was peinlich ist.« Und dann sagt eine männliche Stimme ganz schnell: »Keine Haftung für Produktionsfehler, wenn Ihr Ham nicht rot wird, weil er zu selbstbewusst ist!«

Freitag, 2. Dezember

Nach der Schule bin ich mit zu Kat gegangen, um die Hamster abzuholen. Julianne trug das gleiche T-Shirt wie ich. Kat flüsterte mir ins Ohr: »Ich habe dir doch gesagt, dass du ihr neues Idol bist!« Dann gestand sie mir, dass ich zwar ihr Beileid hätte, sie sich aber auch darüber freue, weil vorher sie diejenige gewesen war, die von Julianne kopiert wurde. Mir wurde bewusst, dass ich, abgesehen von meiner Schuluniform, nicht wirklich viele Klamotten besitze und also nicht sehr schwer nachzuahmen sein dürfte.

Kat wollte mich nicht in die Zoohandlung begleiten, weil sie mit Ham fürs Kino verabredet war. Ihre heutige Werbeveranstaltung: »Ham ist so lieb! Er schenkt mir jedes Mal Popcorn!« Tja, wenn sie fett werden will, ist das ihr Problem! Ich persönlich finde ja, dass Popcorn nach Kotze riecht.

Was Julianne angeht, ist ihr der Abschied von den Hamsterbabys so schwer gefallen, dass sie nicht die Kraft hatte, mich zu begleiten. Sie weinte so sehr, dass sie die Hamster mit ihren Tränen völlig durchnässte. Es tat mir weh, sie so traurig zu sehen. Aus Solidarität hätte ich am liebs-

ten mitgeheult, aber Kat hat eine Träne auf meiner Wange gesehen und gesagt:
»Oh nein! Du wirst doch jetzt nicht wegen einer hässlichen Hamsterbande heulen!«
Darüber musste ich lachen und Julianne fing an, Kat anzuschreien, dass sie unsensibel sei, und das hat die traurige Stimmung wieder gekippt. Puh!

18:00
Nach einer ewig langen Verabschiedung hat Julianne Bacon Junior, Buffy und Bono in einen Schuhkarton gesetzt, den sie ganz wunderschön eingerichtet hatte. Sie hatte ein Spitzendeckchen und ein kleines Kissen aus ihrem alten Barbie-Bett in den Karton gelegt.

18:30
Ich bin zur Zoohandlung gegangen, um die Hamster abzugeben. Nicolas war nicht da. Stattdessen hat mich ein Mädchen um die zwanzig begrüßt. Sie sah ziemlich schick aus mit ihren kurzen roten Haaren, einem Minirock und hohen Stiefeln.
Ich: »Hallo, ich bin eine Freundin von Nicolas ... Ähm, also, nicht wirklich eine Freundin, dafür haben wir uns nicht oft genug getroffen, aber sagen wir mal, immer wenn wir uns sehen, verstehen wir uns gut. Äh ... also ehrlich gesagt, weiß ich nicht, ob wir uns gut verstehen, weil ich häufig ziemlichen Blödsinn rede, aber ...«
Mädchen mit roten Haaren: »Nicolas arbeitet heute Abend nicht.«

Ich (während ich mich frage, ob ich mich nicht operieren lassen könnte, um stumm zu werden): »Äh ... O.k. Ich bin hier, weil er mir gesagt hat, ich könnte ihm drei Hamsterbabys bringen.«
Mädchen mit roten Haaren: »O.k., kein Problem.«
Sie öffnet den Karton, schaut hinein und bedankt sich.
Ich: »Äh ... Nicolas hat mir versprochen, dass die Hamster nicht an die Schlangen verfüttert werden.«
Das Mädchen bricht in Lachen aus.
Ich: »Sie heißen ...«
Mädchen mit roten Haaren: »Ihre neuen Besitzer werden ihnen neue Namen geben.«
Ich: »Ach so ... verstehe.«
Mädchen mit roten Haaren: »Möchtest du deinen Barbie-Karton wiederhaben?«
Ich (während ich den Karton entgegennehme): »Das ist nicht mein Karton, sondern der von der kleinen Schwester meiner Freundin. Sie hat den Karton so hergerichtet, weil sie die Hamster so gern hat. Jedenfalls, ich will nur klarstellen dass ... das nicht mein Barbie-Karton ist.«
Mädchen mit roten Haaren: »Schon gut, ich werde Nicolas nicht verraten, dass du mit Barbies spielst!« (Sie zwinkert mir zu.)
Ich: »Nein, das stimmt echt, das ist der Karton von der Schwester meiner Freundin, die ist zehn und hat ihre alten Barbie-Sachen genommen! Ähm ... ist es o.k., wenn ich mir die Kätzchen ansehe?«
Mädchen mit roten Haaren: »Kein Problem. Schau sie dir ruhig an.«

18:45

Ich bin seit zehn Minuten vor dem Käfig und stelle fest, dass die Kätzchen ein bisschen größer geworden sind. Sie sind supersupersüß! Ein Verkäufer hat mir gesagt, dass es drei weibliche Katzen und zwei Kater sind. Zum Spaß habe ich ihnen Namen gegeben:

Kleines weiß-graues Kätzchen: Mitch (neulich habe ich eine englische Serie gesehen, in der ein Polizist Mitch hieß – das einzige Wort, das ich verstanden habe –, und wenn der Polizist einem Kätzchen ähneln würde, dann auf jeden Fall diesem hier).

Kleines karamellfarben-grau-weißes Kätzchen: Stürmchen (weil es ganz zerzaust ist, man könnte denken, der Wind hätte mit seinem Fell gespielt).

Kleines graues Kätzchen mit weißen Pfoten: Gräuling (ist offensichtlich).

Kleines karamellfarben-weißes Kätzchen: Rory (weil sie mich an Rory aus *Gilmore Girls* erinnert).

Kleines weißes Kätzchen mit einem grauen Fleck auf der Stirn: Sybil (ich finde, das ist ein sehr schöner Name, und das Kätzchen wirkt wie eine Prinzessin, weil der graue Fleck wie eine Krone aussieht! Nicht, dass ich eine Prinzessin mit dem Namen Sybil kennen würde, aber ich finde, das ist ein guter Name für jemanden mit königlichem Blut).

19:00

Sybil will die ganze Zeit mit einem Faden spielen, der an meinem Mantel hängt. Sie ist so niedlich! Sie schaut mich mit ihren grünen Augen und ihrem rosa Näschen an und macht: »Miaauuuuuuu, miaauuuuuuu«, während sie versucht, durch die Käfigstäbe den Faden an meinem Mantel zu schnappen.

19:30

Das Mädchen mit den roten Haaren ist zu mir gekommen und hat mich gefragt, ob ich nicht eins der Kätzchen kaufen will. Ich war überrascht, als sie mir sagte, dass ich schon fast eine Stunde da sei und dass sich meine Eltern vielleicht Sorgen machten.

20:00

Meine Mutter machte sich tatsächlich Sorgen und sie war ein bisschen sauer, als ich nach Hause kam. Ich habe ihr von den Kätzchen erzählt und sie gefragt, ob ich eins haben könnte. Sie hat Nein gesagt, auf gar keinen Fall! Ein Kätzchen bräuchte sehr viel Pflege und ich würde mich nicht darum kümmern und am Ende müsste immer sie das Katzenklo saubermachen. Ich frage mich, ob meine Mutter an irgendwas anderes als ans Putzen denken kann! (Und Tangas!)

Samstag, 3. Dezember

Heute Morgen habe ich versucht, meiner Mutter zu beweisen, dass ich sehr wohl zur Sauberkeit fähig bin und habe gleich nach dem Frühstück den Abwasch gemacht. Aber sie hat meine Taktik durchschaut und gesagt, sie werde ihre Meinung über meine Eignung, mich um ein Tier zu kümmern nicht ändern, nur weil ich ausnahmsweise mal den Abwasch machte. Grrr. Ich hätte wohl etwas unauffälliger vorgehen und sie nicht mit einem breiten Lächeln ansehen und sagen sollen: »Schau mal, ich mache den Abwasch!« Wenn ich keine Show draus gemacht hätte, hätte mein Plan vielleicht funktioniert.

9:50

Meine Mutter ist nach draußen gegangen, um an der Treppe eine Lichterkette aufzuhängen. Sollte sie mit Monsieur Beaulieu zusammen sein, ist er wirklich kein Gentleman, wenn er ihr nicht beim Aufhängen der Weihnachtsbeleuchtung hilft! Sie hat gesagt, ich soll mich anziehen, denn wenn sie fertig ist, gehen wir den Weihnachtsbaum kaufen. Juhuuuuuu!

11:30

Meine Mutter und ich sind am Weihnachtsbaum-Stand. Die Verkäufer tragen rotkarierte Hemden, es gibt ein künstliches Kaminfeuer und es laufen Weihnachtslieder, um die Käufer in Stimmung zu bringen. Ich nutze die Gelegenheit und nehme einen großen »Sniff« von jedem einzelnen Baum. Ich liiiiiebe diesen Duft! Es müsste das ganze Jahr nach Weihnachtsbaum riechen! Überall!
Meine Mutter: »Welchen willst du?«
Ich: »Ich weiß nicht, sie riechen alle gut!«
Meine Mutter: »Welchen findest du am schönsten?«
Ich: »Ich weiß nicht, was mir wichtiger ist: wie er aussieht, oder wie er riecht.«
Meine Mutter (mit einem verrückten Lachen): »Sie riechen doch alle gleich!«

Wir haben uns schließlich für einen Baum entschieden, den wir zu zweit tragen konnten, und haben ihn nach Hause geschleppt (meine Mutter transportiert ihn lieber zu Fuß, weil sie ihr Auto nicht schmutzig machen will. Hmm ... was für eine Überraschung!).

20:00

Unser Baum ist fertig geschmückt. Ich liebe es, den Weihnachtsbaumschmuck aus den Schachteln zu holen, aber ich hasse es, ihn wieder einzupacken, wenn Weihnachten vorbei ist. Während wir die Girlanden und die Kugeln an den Baum hängten, habe ich wieder an das gedacht, was die Frau bei *Wir hören zu* gesagt hat. (Nicht, dass ich jetzt komplett meine Meinung geändert hätte, was ihre Kompetenz betrifft, aber ich finde, was sie gesagt hat, ist nicht völlig abwegig.) Ich hatte plötzlich Lust, meine Mutter nach ihrem Liebesleben zu befragen. Das Gespräch verlief jedoch anders als geplant.

Ich (während ich eine Kugel an den Baum hängte): »Ich frage mich, was Monsieur Beaulieu heute macht.«

Meine Mutter: »Du denkst sogar am Wochenende an die Schule?«

Ich: »Also ehrlich gesagt habe ich mich gefragt, äh ... worüber ihr zwei zusammen euch so ... unterhaltet?«

Meine Mutter: »Na ... über dich!«

Ich (während ich denke, dass das nun wirklich keine spannende Beziehung sein kann und Ham mir plötzlich wie ein charmanter Liebhaber vorkommt): »Ach ja?«

Meine Mutter: »Na, auch noch über andere Sachen, aber in erster Linie über dich.«

Ich: »Aha ...«

Meine Mutter: »Warum fragst du? Hast du wieder was ausgefressen?«

Ich: »Nein!«

Meine Mutter: »Dann ist ja gut!«

Ich: »Mama ... was hältst du eigentlich ... von String-Tangas?«

Meine Mutter: »Sag mir nicht, dass du dir welche zu Weihnachten wünschst?!?«

Ich: »Spinnst du? *Ich* habe keine Lust auf Unterhosen, die mir du-weißt-schon-wo klemmen!«

Meine Mutter: »Das hätte mich auch gewundert ...«

Alles in allem habe ich absolut nichts erfahren, abgesehen davon, dass meine Mutter zwar Strings trägt, aber anscheinend nicht will, dass *ich* welche trage. Entweder findet sie sie selbst total unbequem, oder sie ist absolut inkonsequent in ihren Kleidungsvorlieben.

20:14
Meine Mutter hat mich gefragt, ob es mich stört, wenn wir Heiligabend nur zu zweit feiern. Normalerweise verbringen wir den Heiligabend bei ihren Eltern und den ersten Feiertag bei meiner Großmutter Laflamme. Aber meine Mutter meinte, sie fände es schön, wenn wir mal nur zu zweit sind und uns nicht um den Rest der Familie kümmern müssen. Wir könnten die Familie dann an den Feiertagen besuchen. *Yes!!!* Nicht, dass ich meine Großeltern nicht sehen will, aber es kommt so selten vor, dass ich meine Mutter ganz für mich allein habe.

21:00
Ich habe versucht, einen Wunschzettel zu schreiben, aber ich habe kein Geschenk gefunden, das ich wirklich haben will.
~~- Ein Computerspiel~~
~~- Schöne Unterwäsche~~
- Ein Kätzchen!!!

Als ich meiner Mutter den Zettel gegeben habe, habe ich sie genau beobachtet und dabei vor Nervosität meine Finger geknetet. Aber obwohl ich einen Moment lang das

Gefühl hatte, sie würde einwilligen, hat sie gesagt: »Nein!«
Ich: »Bitte, bitte, bitte, bitte! Ich tue auch alles, was du willst!«

Aber es hat nichts gebracht. Sie hat mein Angebot wohl nicht richtig verstanden. Wenn mir jemand anbieten würde, *alles zu tun, was ich will*, würde ich etwas länger darüber nachdenken, weil das wirklich praktisch sein könnte!

Erkenntnis: Meine Mutter versteht sich nicht darauf, Chancen zu nutzen.

Die heutige Ham-Werbeveranstaltung: Ham ist so blablabla außergewöhnlich blablabla.

Mittwoch, 7. Dezember

Uff! Was für eine Woche! Ich habe versucht, meiner Mutter zu beweisen, dass ich sehr wohl saubermachen kann (und dieses Mal habe ich es geschafft, etwas

unauffälliger vorzugehen). Außerdem habe ich mich ins Lernen gestürzt (das gehört auch zu meinem Plan, ich will meiner Mutter zeigen, dass ich supererwachsen bin). Ich habe haargenau die Ar-beits-me-tho-de Madame Gagnons befolgt. Ich gebe zu, im Hinblick auf die Prüfungen ist ihre Arbeitsmethode tatsächlich sehr praktisch, weil man sich mit ihrer Hilfe leicht zurechtfindet. (Vermerk an mich selbst: Das nicht vor Kat zugeben!) Die Mathearbeit stresst mich am meisten. Und die Erdkunde- und die Englischarbeit. Kurz gesagt, ich habe Stress ohne Ende!
Meine Mutter hat vorgeschlagen, mir eine Massage zu spendieren, wenn ich mich zu gestresst fühle. Sie meinte, seit sie Massagen für sich entdeckt hat, hätte sich ihr Leben verändert. Ihrer Aussage nach würde ich dadurch sogar bessere Noten bekommen. Jede andere Mutter hätte gesagt, wenn ich lerne, würde ich bessere Noten bekommen, aber meine Mutter schickt mich zur Massage! Das ist der letzte Beweis, dass sie verliebt ist, denn ihr Gehirn ist *eindeutig* aufgeweicht!

Übrigens habe ich noch einen anderen Beweis. Heute Morgen hat meine Mutter beim Aufstehen *Jingle Bells* geträllert! Wenn das kein Zeichen ist, weiß ich auch nicht! Ich habe mit Kat darüber gesprochen, die meinte, das sei völliger Zufall, *Jingle Bells* sei ein sehr eingängiges Weihnachtslied. Dann hat sie das Thema gewechselt, um mir eine weitere Werbeveranstaltung zum großartigen Ham zu verabreichen:

Kats Werbeveranstaltungen der letzten Tage:
Montag: »Ham hat gesagt, ich sei schöner als Paris Hilton.«
Dienstag: »Gestern haben Ham und ich DREI STUNDEN LANG telefoniert.«
Heute: »Ham hat gesagt, wir hätten viel mehr *Fun* zusammen, wenn ich auf seine Schule gehen würde.«

Ich: »Was? Du wirst doch nicht die Schule wechseln?«
Kat: »Na ja ... ich hätte mehr *Fun*, wenn ich öfter mit Ham zusammen wäre.«
Ich: »Und ich?«
Kat: »Wechsel doch auch die Schule!«

Es ist echt nicht möglich, mal einen Tag Pause zu haben!

Donnerstag, 8. Dezember

Nach der Schule hat Kat vorgeschlagen, bei der Zoohandlung vorbeizugehen. Ich habe sie gewarnt, dass Nicolas möglicherweise nicht da sein würde. In diesem Fall könne sie ihren Plan vergessen, mich dem Club der aufgeweichten Gehirne zuzuführen. (So habe ich das allerdings nicht formuliert, ich habe gesagt: »Da arbeitet jetzt manchmal ein Mädchen mit roten Haaren.«) Kat hat zugegeben, dass sie gerne erfahren würde, was aus den Hamsterbabys geworden ist.

16:05

Das Mädchen mit den roten Haaren war da, als wir zum Ding-Dong der Tür in die Zoohandlung kamen. Ich zuckte erschrocken zusammen, als ein gigantischer Weihnachtsmann aus Plastik seinen Arm bewegte und dazu laut »Ho! Ho! Ho!« rief. Ich sah, dass das Mädchen mit den roten Haaren grinste. (Die lacht über mich, diese blöde Tussi! Und denkt tatsächlich, ich würde noch mit Barbies spielen!)

Mädchen mit roten Haaren: »Hi, Mädels! Wollt ihr zu Nic?«

Kat: »Sie schon, ich besuche nur die Hamster.«

Mädchen mit roten Haaren: »Die Hamster sind da hinten, und Nic ist bei den Schlangen.«

Ich: »Ich will doch gar nicht zu Nic ... Hahaha, wie kommst du denn darauf, Kat? Ich will zu den Kätzchen.«

Bono (von Weitem): »Hallo! Hallo! Blöder Arsch!«

Mann mit großem Bierbauch: »Wenn ich den schnappe, der Bono das beigebracht hat! Oh, guten Tag, die Damen! Was können wir für euch tun?«

Mädchen mit roten Haaren: »Das sind Freundinnen von Nicolas.«

Mann mit großem Bierbauch (möglicherweise Nicolas' Onkel, wenn mein detektivisches Gespür mich nicht

trügt): »Ah! Guten Tag! Sehr erfreut!« (Er gibt uns die Hand.) »Ich bin sein Onkel.« (Mein detektivisches Gespür trügt mich nicht! Vielleicht bin ich eine Nachfahrin von Sherlock Holmes oder einem anderen großen Detektiv.) »Er macht gerade den Schlangenkäfig sauber.«
Ich: »Wir sind nicht wirklich seine Freundinnen ...«
Kat: »Ich wollte nur meine Hamster besuchen ...«
Nicolas' Onkel: »Oh ...«
Kat: »Was?«
Onkel: »Du hast die Hamster hergebracht?«
Kat: »Nein, sie, aber es sind die Babys von meinem Hamster! Was? Was ist los?«
Bono: »Blöder Arsch!«
Onkel: »Verflixter Vogel! Wisst ihr, was so ein Papagei wert ist? Ich werde ihn niemals verkaufen können!!!«
Ich: »Sie haben die Hamster doch nicht an die Schlangen verfüttert?«
Kat: »Was? Du hast meine Hamster an Kannibalen verschenkt?«
Onkel: »Nein, nein. Wir haben sie zum Verkauf angeboten, aber ...«
Kat: »ABER WAS?«
Nicolas: »Sie haben sich selbst aufgefressen ... gegenseitig.«
Bono: »Hallo! Hallo!«
Ich hatte das Gefühl, kurz vorm Herzinfarkt zu stehen, als im selben Moment noch »Ding Dong« und »Ho! Ho! Ho!« ertönte. Das war eindeutig zu viel.
Kat: »Was? Wo sind sie?«

Mädchen mit roten Haaren (mit dem Finger in die gleiche Richtung zeigend wie eben): »Da hinten.«
Als ich mich umdrehte, fiel mein Blick auf Nicolas.
Nicolas: »Es ist nur noch einer übrig. Die anderen beiden haben miteinander gekämpft. Als wir zum Käfig gekommen sind, hatte einer dem anderen die Kehle ... durchgebissen.«
Ich: »Oh, mein Gott!«
Bono: »Oh, mein Gott!«
Ich (zu Nicolas): »Das kann er auch?«
Nicolas: »Hallo, übrigens.«
Ich: »Hallo ...«
Bono: »Hallo!«

16:15

Kat steht vor dem Hamsterkäfig. Nur Buffy ist noch übrig.
Kat (mit Tränen in den Augen): »Ich habe dir doch gesagt, dass ihr Vater ein Schuft ist! Das hatten sie im Blut!«
Ich: »Ich dachte, du hasst sie.«
Kat: »Sehe ich aus, als wäre ich herzlos?«
Ich: »Na ja ...«
Kat: »Hahaha.«
Ich: »Ich mache nur Spaß.«
Kat (zu Nicolas): »Hast du sie gesehen?«
Nicolas: »Nein, ich war in der Schule, als sie sie gefunden haben. Ich musste den Käfig zum Glück nicht saubermachen.«
Kat: »Buffy! Du hättest deine Brüder davon abhalten sollen, sich die Gurgel durchzubeißen!«

Nicolas: »Das ist nicht das erste Mal, dass so was passiert.«
Kat: »Meinst du, Buffy wird eine gute Familie finden?«
Nicolas: »Na klar! He, Amélie, willst du die Katzen sehen?«
Nicolas hat mich zu dem Käfig mit den Kätzchen geführt und ich habe Kat, die den Hamsterkäfig nicht mehr aus den Augen ließ, am Arm hinter mir hergezogen. Ganz ehrlich, ich hätte nicht gedacht, dass sie so an den Hamsterbabys hängt. Sie wiederholte die ganze Zeit: »Was sage ich bloß Julianne?« und »Das war bestimmt die Schuld von Bacon Junior, diesem Mistkerl. Er war seinem Vater einfach zu ähnlich!«

16:41

Als wir zum Katzenkäfig kamen, stellte Sybil sich auf die Hinterpfötchen, als wollte sie mir guten Tag sagen.
Ich: »Hallo, meine schöne Sybil!«
Nicolas: »Sybil?«
Ich: »Als ich neulich hier war, habe ich ihnen Namen gegeben. Mitch, Rory, Stürmchen und ... wo ist denn Gräuling?«
Nicolas: »Gestern ist ein Kätzchen verkauft worden. Das muss Gräuling gewesen sein.«
Ich: »Ah ...«
Sybil drückte ihre kleinen Pfoten gegen den Käfig und ich streichelte sie durch die Stäbe. Sie stupste mit der Nase gegen meinen Finger, knabberte daran herum und fing an, ihn abzulecken.

Nicolas: »Du hast eine neue Freundin.«
Kat: »Was sage ich nur meiner Schwester?«
Nicolas: »Hey, übrigens ... morgen ist eine Party bei einem Kumpel von mir. Habt ihr Lust zu kommen?«
Kat: »Klar! Kann ich meinen Freund mitbringen?«
Nicolas: »Na klar! Es werden jede Menge Leute da sein. Das wird eine Riesenweihnachtsparty.« (Er drehte sich zu mir.) »Und du, Amélie?«
Ich: »Äh ... nein. Ich kann nicht.«
Kat: »Wie, du kannst nicht?«
Ich: »Ich muss ... lernen. Ich habe meiner Mutter versprochen,« (ich drehte mich zu Sybil) »bessere Noten zu kriegen.«
Kat: »Dann bist du echt eine Streberin! Morgen ist Freitag!«
Nicolas: »Wenn ihr es euch anders überlegt, hier ist die Adresse.«
Er nahm meine Hand und schrieb mir die Adresse mit blauem Kugelschreiber auf die Handfläche. Das war schon ein bisschen frech, weil blauer Kugelschreiber echt schwer wieder abgeht. Dann wollte ich gehen und stolperte in den Onkel von Nicolas, der lachend sagte: »Hoho! Pass auf, wo du hinläufst, Kleine!« Ich ging mit gesenktem Kopf zur Tür, gefolgt von Kat, die blöd kicherte. Zum Abschied rief Bono: »Die wär'n wir los! Die wär'n wir los!« Kat blieb stehen und rief zurück: »Du Mistvieh!« Dann kicherte sie wieder. Ganz ehrlich, ich finde, dass ich nicht gerade viel Unterstützung von meiner *angeblich* besten Freundin bekomme!

17:15
Als wir zu Kat nach Hause kamen und Kat ihre Schwester sah, hörte sie auf rumzukichern. Auf Juliannes Frage, wie es ihren Hamsterbabys gehe, zögerte sie kurz, dann sagte sie: »Bacon Junior und Bono haben schon eine neue Familie gefunden.«
Und da wusste ich, dass ihr Gehirn doch noch nicht komplett aufgeweicht war.

Freitag, 9. Dezember

Kat hat alles getan, um mich zu überzeugen, heute Abend doch mit auf die Party zu kommen. Ham ist auch dabei und er kennt den Typen, bei dem die Party stattfindet, weil sie mal in der gleichen Fußballmannschaft gespielt haben. Wir haben uns den ganzen Tag Nachrichten geschickt (nicht Ham und ich, sondern Kat und ich natürlich, als würde ich mir mit Ham Nachrichten schicken!). Zum Glück wurden wir nicht erwischt. Wir haben nämlich eine neue Technik. Wir warten, bis der Lehrer/die Lehrerin (je nach Fach) sich zur Tafel dreht. Madame Gagnon mit ihrer Ar-beits-me-tho-de verbringt viel Zeit damit, an die Tafel zu schreiben, um

uns zu zeigen, was wir tun sollen. Zugegeben, mein Briefwechsel mit Kat im Matheunterricht wird nicht unbedingt dazu beitragen, meine Noten zu verbessern. Und die Massage, die meine Mutter mir spendieren möchte, auch nicht.
In meiner letzten Nachricht an Kat schrieb ich, dass ich nie das Weihnachtsgeschenk bekommen würde, das ich mir wünschte, wenn ich mich weiter mit Partys beschäftigte und ihr Nachrichten schickte. Sie schrieb zurück, sie schwöre, mich nicht mehr abzulenken, wenn ich ihr versprach, heute Abend mit auf die Party zu kommen. Ich sagte widerstrebend zu.

20:30

Wir sind vor einer halben Stunde auf die Party gekommen und Nicolas ist noch nicht da. Vielleicht arbeitet er noch in der Zoohandlung. Auf jeden Fall ist das nicht weiter schlimm, schließlich ist es nicht so, als wollte ich ihn *unbedingt* sehen. Kat und Ham sind in eine Ecke gegangen, um zu knutschen, daher fühle ich mich ein bisschen allein. Gerade läuft der Song *I'll be Home for Christmas, a cappella* gesungen von N'Sync (glaube ich), und ich beschließe, mich auf einem gigantischen Sitzsack niederzulassen, der sehr gemütlich aussieht.
Während ich dort sitze, stelle ich fest, dass *I'll be Home for Christmas* weder besonders traurig noch besonders anrührend ist. Viel weniger als die früheren Versionen des Lieds von irgendwelchen alten Herren. Man könnte sagen, dass N'Sync den Geist dieses Liedes nicht spüren.

Sie wollen kein Gefühl rüberbringen, sondern nur zeigen, dass sie *a cappella* singen können. In dem Moment bin ich N'Sync dafür sehr dankbar, weil ihre gefühllose Interpretation dafür sorgt, dass bei mir auch keine Gefühle aufkommen, was mir auf einer Party ziemlich unangenehm wäre.

Nach dem Lied will ich von dem Sitzsack aufstehen, aber das ist unmöglich. Ich versuche, mich mit den Beinen hochzustemmen, aber ich stecke richtig fest. Gerade als ich denke, dass ich es schaffe, sehe ich Nicolas, der auf mich zukommt.

Ich möchte nicht auch noch durch unelegantes Gezappel den letzten Rest meiner Würde verlieren. Also breche ich den Versuch ab, aus dem Sitzsack herauszukommen, und überschlage die Beine auf eine weibliche Art (das bisschen Weiblichkeit, das einem noch bleibt, wenn man in einem Sitzsack feststeckt).

Er: »Du bist ja doch gekommen?«

Ich (während ich versuche, meine Pose beizubehalten, wie ein Topmodel): »Ja ...«

Er: »Cool!«

Ich: »Den Kätzchen geht's gut?«

Er: »Wir haben gestern eins verkauft.«

Ich: »Aber nicht Sybil???«

Er: »Nein ... Rory, glaube ich.«

Ich: »Aha. Dein Onkel scheint ganz schön sauer zu sein, dass sein Papagei flucht.«

Er: »Mach dir deswegen keine Sorgen! Er liebt Bono. Er will ihn nicht verkaufen. Er tut so, als ob er sich ärgert, aber ich glaube, eigentlich findet er ihn witzig. Es ist ihm nur ein bisschen peinlich, wenn Familien kommen, um ein Haustier zu kaufen, und der Papagei plötzlich anfängt zu fluchen oder ›Die wär'n wir los!‹ zu rufen, wenn die Leute gehen.«

Ich: »Hahaha! Das stelle ich mir lustig vor!«

Er: »Willst du tanzen?«

Ich: »Äh … nein. Ich bleibe lieber hier sitzen.«

Er: »Ah, o. k. Alles klar … cool, dass du gekommen bist.«

Ich: »Ja, das hast du schon gesagt.«

Er: »Ich rede auch schon wie ein Papagei.«

Ich: »Stimmt, haha!«

21:45

Während ich zuschaue, wie Nicolas mit Marithé plaudert, gehe ich im Kopf noch einmal unser Gespräch durch und denke an all die intelligenten, schlagfertigen Sachen, die ich hätte sagen können. Ich verstehe einfach nicht, warum mein Gehirn so verzögert arbeitet. Das ist total unpraktisch! Ich hätte zu Hause bleiben und an meinem I.Q. arbeiten sollen, statt hierherzukommen und den Abend in einem Sitzsack zu verbringen!

21:47

Es ist wirklich ziemlich blöd, in einem Sitzsack gefangen zu sein. Mir ist heiß da drin, und wenn ich mich bewege, ertönen Pupsgeräusche! Zum Glück läuft Musik, wenigstens kann ich mit den Fingern den Takt schlagen.

21:51

Kat kommt zu mir. Endlich werde ich aus diesem Sitzsack befreit!

Kat: »Was hockst du da rum? Alle finden dich blöd und asozial!«

Ich: »Alle?«

Kat: »Ja! Vor allem ich!«

Ich: »Ich frage mich, wer von uns hier asozial ist: Ich – oder du, die den ganzen Abend nur *rumknutscht*!«

Kat: »Ich habe immerhin mit jemandem geredet!«

Ich: »Nach dem, was ich gesehen habe, hast du nicht sehr viel geredet.«

Kat: »Weil du immer im falschen Moment geguckt hast! Ich habe mich lange mit Marithé unterhalten. Sie ist echt cool, oder?«

Ich: »Na ja ... ihr Name ist echt bescheuert.«

Kat: »Überhaupt nicht! Bist du etwa eifersüchtig?«

Ich: »Ich bin nicht eifersüchtig! Ich habe doch wohl das Recht, manche Namen weniger schön zu finden.«

Kat: »Marithé ist ein superschöner Name! Du bist eifersüchtig, weil du auf Nicolas stehst, genau wie ich gesagt habe!«

Ich: »Nein, ich äußere nur meine persönliche Meinung über einen Namen, den ich weniger schön finde als andere, das ist alles! Das hat nichts mit Nicolas zu tun!«

Kat: »Du hättest einfach nur aus deiner Ecke hervorkommen und mit ihm reden müssen!«

Ich: »Das hat damit nichts zu tun! Kat, kannst du mir helfen ...«

Kat: »Und wie ich dir helfen werde! Erstens, wenn du auf eine Party gehst, lächle und sprich mit den Leuten!«
Ich: »O.k., o.k., aber ...«
Kat: »Du bleibst nicht den ganzen Abend wie ein Spielverderber hier sitzen!«
Ich: »Ja, aber das ist doch nur, weil ich feststecke ...«
Kat: »Ich weiß, dass du feststeckst! Aber du musst deine Schüchternheit überwinden und wieder normal werden! Du musst dich re-so-zia-li-sie-ren!«
Ich: »Du verstehst überhaupt nichts! Ich stecke wirklich fest! Ich komme nicht aus dem Sack raus! Kannst du mir helfen?!!«

21:59

Auf dem Heimweg haben Kat und Ham sich über mich kaputtgelacht. Was Kat betrifft, stört mich das nicht besonders, aber von Ham fand ich das sehr unhöflich, schließlich kennen wir uns noch nicht lange. Wenn Kat mir das nächste Mal eine Werbeveranstaltung für ihren Freund vorspielt, werde ich sie auf diesen Produktionsfehler hinweisen. Es gibt auf der Welt eine klare Regel, an die jeder sich halten muss: Man darf über seine eigenen Freunde lachen, aber nicht über die Freunde anderer.

22:07

Als Ham weg war, hielt Kat mir eine Rede, dass Nicolas voll in mich verknallt sei. Ich wies sie darauf hin, dass er sich den ganzen Abend mit Marithé unterhalten hatte.

Sie erwiderte:
»Was würdest du denn machen, wenn die Person, auf die du stehst, den Abend lieber ... hahaha! ... in einem ... hahaha! ... Sitzsack verbringt ... hahahahahahaha! ... als mit dir ... hahahahahahahaha! ... zu reden?«
Ich antwortete:
»Kat, ich weiß, das ist lustig, aber jetzt musst du auch mal wieder runterkommen!«
Sie verkündete:
»Amélie, die Liebe ist magisch! Sie ist super! Wunderbar! Sie lässt dich jede Menge winziger Schmetterlinge im Bauch spüren! Jede Menge Feuerwerk im Herzen! Du solltest es nicht verpassen, das zu erleben!«

Wären wir in einem Musical, hätte sie bei diesen Worten angefangen zu singen und zu tanzen. Wenn die Liebe einen so kitschig macht, dass sie einen automatisch in eine Art Wandermusical verwandelt, dann ist sie nichts für mich, vielen Dank!

Kat: »Ich verstehe dich. In deinem Inneren weißt du, dass Nicolas nicht so *sexy* ist wie Ham, und du wartest auf einen ähnlichen Typen.«
Ich: »Nicolas ist nicht ›nicht *sexy*‹! Er ist super! Er ist *süß*! Er ist echt nett! Er hat superschöne Augen! Und er riecht nach Weichspüler!«
Kat (zeigt mit dem Finger auf mich): »Aha! Ich hab's doch gewusst, dass du auf ihn stehst! Ich hab's gewusst! Ich hab's gewusst!«

To do, höchste Wichtigkeitsstufe: So schnell wie möglich mein Gehirn trainieren, um weniger anfällig für die hinterhältigen Tricks meiner besten Freundin zu werden.

22:31

Ich betrachte die Pinguine auf meinem Schlafanzug, weil ich nicht in der Lage bin, mich auf den Manga zu konzentrieren, den mir meine Mutter gekauft hat. Hat Kat vielleicht doch recht? Könnte es sein, dass ich auf Nicolas stehe, ohne es zu wissen? Aber nein, das ist doch nicht möglich! Kat ist verknallt, sie macht Werbeveranstaltungen für die Liebe, und ich lasse mich durch ihre Werbung manipulieren. Das ist alles. Sie hat mich mit ihrem »Ham hier, Ham da« und »die Liebe hier, die Liebe da« schon einer Gehirnwäsche unterzogen! Hey, das wäre doch ein guter Liedtext für Ashlee Simpson! (Oder eine andere Popsängerin) »Die Liebe hier, die Liebe da, pada papapa ...«

22:50

Ich mag es, wie Nicolas Amélie sagt ... »Amélie«. Es klingt wie ein schöner Name, wenn er ihn sagt. Noch dazu mit Melonenmundgeruch!

22:55

Amélie, das bin ich!!!!!!!!!!!!!!!!!!!!!!

22:56

O.k., erst mal wieder runterkommen! Ich habe absolut keine Lust, mich in ein Musical zu verwandeln, so wie Kat! Aber nur mal so zum Spaß, wenn wir in einem Musical wären, hätte ich bei dem Satz »Amélie, das bin ich!!!!!!!!!!!!« die Arme ausgebreitet, der Rhythmus der Musik wäre schneller geworden, es hätte einen Trommelwirbel gegeben, einen letzten Gitarrenakkord, und dann wären die Lichter ausgegangen. So, es ist so weit! Ich kann keine zwei Sekunden mehr an einen Jungen denken, ohne kitschig zu werden!

22:57

Ich frage mich, ob es stimmt, dass er in mich verliebt ist. Er müsste mich doch eher superbescheuert finden! Vielleicht sollte ich mal was anderes lesen als Mangas? Ach was! Ich fange doch nicht an, mich für einen Jungen zu ändern!

22:59

Wichtiger Vermerk an mich selbst: Kat nicht mehr zuhören. Sie setzt mir nur Flausen in den Kopf, die der (äußerst erwünschten) Entwicklung meines Gehirns nur schaden.

Samstag, 10. Dezember

Als ich gerade mit dem Lernen loslegen wollte, verkündete meine Mutter, sie wolle ihren Kleiderschrank ausmisten und bräuchte meine Hilfe. Sie hat mir alle ihre Klamotten gezeigt (von denen einige aus vorgeschichtlichen Zeiten stammen, aus den Siebzigern oder so). Wir haben drei Haufen gemacht: Sachen, mit denen sie einkaufen gehen kann, Klamotten, die sie auf einem Landhaus anziehen kann, und Dinge, die sie an Wohltätigkeitsorganisationen verschenkt. (Ich habe vorgeschlagen, sie könnte sie an Kostümgeschäfte weitergeben, aber das fand sie nicht sehr lustig.)

Dann hat sie gesagt, eigentlich bräuchte sie keine extra Klamotten, um einkaufen zu gehen, und wir haben die Sachen auf den Wohltätigkeitsberg gepackt, und nur den Landhaushaufen behalten (wir haben zwar kein Landhaus, aber falls sie eines Tages auf ein Landhaus eingeladen werden sollte, könnte das praktisch sein).

Dann hat sie noch mehr Kleider aus dem Schrank geholt, und ich habe einen alten Wollpullover meines Vaters entdeckt. Mein Herz zog sich zusammen. Meine Mutter sah mich an und sagte:

»Ich habe einige seiner Sachen aufgehoben.«

Ich: »Aha ...«

Meine Mutter: »Was machen wir mit dem Pullover?«
Ich: »Vielleicht können wir ihn behalten.«
Meine Mutter: »Vielleicht ...«
Ich: »In einer Kiste, wenn du ihn nicht in deinem Schrank haben willst. Oder in meinem Zimmer.«
Meine Mutter: »Möchtest du das?«
Ich: »Vielleicht.«
Meine Mutter hat den Pullover eine Weile betrachtet. Ihr Hals ist rot geworden, aber dann ist die Röte wieder verschwunden, obwohl sie den Pullover weiter ansah. Ich habe gespürt, dass das vielleicht ein guter Zeitpunkt war, um ihr meine Fragen zu stellen.
Ich: »Äh ... ich würde dich gerne was fragen ... Also, Kats Mutter hat gesagt, dass Plutschi, Kats Goldfisch, im Fischhimmel ist, und ich habe mich immer gefragt, ob mein Vater ... also ... wieso hast du mir eigentlich gesagt, dass er *nirgendwo* ist?«
Meine Mutter: »Das habe ich nie gesagt!«
Ich: »Du hast gesagt, dass du nicht weißt, was der Tod ist.«
Meine Mutter: »Das stimmt.«
Ich: »Das ... beunruhigt mich, sozusagen.«
Meine Mutter: »Ja ... das verstehe ich. Weißt du, als ich ungefähr zehn war, ist mein Großvater gestorben. Ich hatte ihn sehr lieb. Er war ein Großvater, der Pfeife rauchte, uns Süßigkeiten schenkte, laut redete, Bier trank und einen großen Lieferwagen fuhr. Heute wäre sein Auto bestimmt verboten, so hat es die Luft verpestet! Und als er gestorben ist, hat meine Mutter gesagt, er wä-

re im Himmel. Er würde sich dort ausruhen und auf einer Wolke mit den anderen Engeln Harfe spielen. Das hat mich so deprimiert! Ich fand es so traurig, ihn mir ohne seine Pfeife vorzustellen, wie er Harfe spielte …«
Ich: »Mhm.«
Meine Mutter: »Ich habe gedacht, es wäre richtig, dir die Wahrheit zu sagen …«
Ich: »Neulich hat Schwester Rose mir gesagt, dass es Wissenschaftler gibt, die gläubig geworden sind.«
Meine Mutter: »Ach ja? Das ist ja interessant.«
Ich: »Aber … was ist mit dir?«
Meine Mutter: »Was meinst du?«
Ich: »An was glaubst du?«
Meine Mutter: »Ich weiß nicht. An nichts.«
Ich: »Wenn du an nichts glaubst, glaubst du doch an etwas.«
Meine Mutter: »Nein …«
Ich: »Na ja, du *glaubst*, dass es nichts gibt. Also glaubst du doch an etwas, oder?« (Boah! Mein Gehirn ist in Form!)
Meine Mutter: »Vielleicht hast du recht … Interessierst du dich gerade für so was?«
Ich: »Ein bisschen. Ich stelle mir Fragen.«
Meine Mutter: »Als ich klein war, haben meine Großeltern mich sonntags in die Kirche mitgenommen, und ich habe das gehasst! Eines Tages habe ich mir auch Fragen gestellt, genau wie du, und ich bin zu dem Ergebnis gekommen, dass die Religion dazu dient, das Unerklärliche zu erklären, aber dass man genauso gut eigene Antworten finden kann.«

Ich: »Wie auf die Frage, wohin man kommt, wenn man tot ist ...«
Meine Mutter: »Die Antwort hast du ja schon gefunden, oder? Man wird ein Außerirdischer! Hahaha! Das ist wirklich gut!«

14:19

Während meine Mutter die Sachen, die sie behalten wollte (von mir abgesegnet) wieder in den Schrank räumte, dachte ich, weil sie gerade so zugänglich war ...
Ich: »Mama, da ist noch etwas ...«
Meine Mutter: »Du findest, ich sollte alle meine Sachen wegwerfen, was? Du findest meine Klamotten total *out*?«
Ich: »Nein, das meine ich nicht. Du hast echt viele alte Klamotten, aber das ist es nicht! Bist du mit Monsieur Beaulieu zusammen, ja oder nein?«
Meine Mutter: »Was???«
Ich: »Ich habe jede Menge Beweise gesammelt!«
Meine Mutter: »Zum Beispiel?«
Ich: »1) Du sagst, er sei charmant. 2) Du lächelst, wenn ich seinen Namen sage. 3) Ihr seid beide die ganze Zeit gut gelaunt und trällert die gleichen Lieder. 4) Äh ... ich weiß nicht mehr, was der vierte Beweis ist. 5) Du sagst, er sei charmant!«
Meine Mutter: »Das hast du schon gesagt!«
Ich: »Na gut, das sind immer noch vier Beweise!«
Meine Mutter: »An den vierten kannst du dich nicht erinnern!«
Ich: »Na gut, aber drei!«

Meine Mutter: »Ich bin nicht mit Denis … Monsieur Beaulieu zusammen! Der ist überhaupt nicht mein Typ! Findest du nicht, dass er ein bisschen stark nach Aftershave riecht?«
Ich: »Dooooooch! Das finde ich auch!«
Meine Mutter: »Ist ja unglaublich, was du dir ausdenkst!«
Ich: »Mann, ich fasse es nicht! Ich habe seit Monaten gedacht, dass du dich heimlich mit ihm triffst!«
Meine Mutter: »Wenn ich mir einen Freund zulegen würde, würde ich das doch nicht vor dir verheimlichen! Wirklich lustig, dass du mir nichts davon gesagt hast!«
Ich: »Ich hatte Angst … vor deiner Reaktion. Ich weiß nicht … du bist komisch, seit … du weißt schon?«
Meine Mutter begann, den Ärmel ihres Pullovers langzuziehen.
Meine Mutter: »Also, du hast dir wegen Monsieur Beaulieu Sorgen gemacht, aber …«
Ich: »Aber was?«
Meine Mutter: »Aber du hast trotzdem … Also, es ist so, vor einiger Zeit … Wie soll ich es sagen? Meine Freundinnen haben mich darauf angesprochen, dass ich in letzter Zeit oft deprimiert war.«
Ich (nur gedacht): »Semi-Zombie!«
Meine Mutter: »Dass ich mir dauernd wegen irgendwelcher Kleinigkeiten Gedanken gemacht habe …«
Ich: »Das fanden sie auch?«
Meine Mutter: »… und dass es mir vielleicht guttun würde, jemanden kennenzulernen. Also bin ich abends öfter mal in eine Bar gegangen, aber …«

Ich: »Das erklärt die Tangas!«
Meine Mutter: »Schnüffelst du etwa in meinen Sachen herum?«
Ups. Das war mir so rausgerutscht.
Ich: »Du hattest mir gesagt, ich solle alles aufsammeln, was rumliegt, und es lag auch etwas von dir herum, also habe ich es in deine Schublade gelegt.«
Meine Mutter: »Ist ja auch nicht so wichtig. Also, ich bin zwar ausgegangen, aber es hat mir keinen Spaß gemacht. Daher habe ich mich vor Kurzem, ich ... ich habe ...«
Ich: »Jetzt sag schon!«
Meine Mutter: »Ich habe mich bei einer Partnerbörse angemeldet! Im Internet!«
Ich schwankte, ob ich meine Mutter superblöd oder supercool finden sollte. Ich beschloss, erst mal den Mund zu halten. Ehrlich gesagt, wollte ich mir meine Mutter lieber nicht beim *Flirten* vorstellen. Auch nicht beim *Knutschen.* UND SCHON GAR NICHT BEIM *KNUTSCHEN* IM TANGA!

Sonntag, 11. Dezember

Ich habe bei Kat angerufen, weil ich sie fragen wollte, ob sie mit ins Jugendzentrum kommt, aber ihre Schwester sagte mir, sie sei bei Ham. Julianne fing wieder an, mich mit Dank zu überschütten, weil ich ihre Hamsterbabys gerettet hätte. Sie fügte hinzu, sie stelle sich vor, dass sie alle in guten Familien gelandet seien. Ich dagegen musste sie mir die ganze Zeit mit durchgebissener Kehle vorstellen. Ich fühlte mich mit dieser Lüge ziemlich unbehaglich und beendete sehr rasch das Gespräch.

18:00

Ich habe den Tag damit verbracht, Mangas zu lesen, fernzusehen, zu lernen und an meinem Weihnachtsbaum zu schnüffeln (nicht unbedingt in dieser Reihenfolge). Dann rief Kat an, um mir etwas über Ham zu erzählen, was ich nicht gehört habe, was mit etwas über Ham zu tun hat, was ich auch nicht gehört habe. Aber echt mal! Ich werde ihr erst wieder zuhören, wenn sie andere Themen hat.

Dienstag, 13. Dezember

Heute im Französischunterricht hat Madame Claude uns eine Aufgabe gegeben, die die Hälfte der Gesamtnote im Halbjahreszeugnis ausmachen wird. Wir müssen einen Text oder ein Gedicht schreiben. Die Auflage ist, einen Laut zu wählen, der immer wiederkommt, wie »a« (Beispiel: »schmale Hasen grasen langsam) oder »s« (Beispiel: »ein sandfarbener Salamander summt), usw. Das setzt mich echt unter Druck! Ich würde so gerne beweisen, dass ich nicht nur aus Versehen im Begabtenkurs Französisch gelandet bin!

12:30

Beim Mittagessen wollte ich mit Kat ein Brainstorming dazu machen, aber sie war zu deprimiert. Sie hat erzählt, dass Ham beim Reden jetzt immer die Hände in den Taschen hat und sich die Nase kratzt (nicht, wenn er die Hände in den Taschen hat, er ist ja kein Schlangenmensch!). Laut dem Artikel in der *Miss*, den sie anscheinend auswendig gelernt hat, verheißt das nichts Gutes. Ich habe sie daran erinnert, dass er ihr das letzte Mal, als sie glaubte, er hätte sie angelogen, einen schönen Bären gekauft hatte (einen superkitschigen Bären, meiner Meinung nach, aber das habe ich ihr nicht unter die Nase gerieben, schließlich wollte ich sie aufheitern). Sie entgegnete, sie hätte das Gefühl, dass er sich für andere Mädchen interessiere. So was von paranoid!

Mittwoch, 14. Dezember

Geschenkideen für meine Mutter:

- Eine schöne Halskette (sie trägt immer dieselbe)
- Ein Kochbuch (das könnte sie gebrauchen: letzte Woche hat sie einen Auflauf aus einem Rest Käse, einem Rest Hühnchen, Kartoffeln und Dosenmais gemacht – e-kel-haft!)
- Irgendein typisches Müttergeschenk, z.B. eine hässliche Lampe, die stinkendes Duftöl verbreitet (so was liebt sie!)

Donnerstag, 15. Dezember

»Ich bringe meine Schwester um!!!!«, ruft Kat mir entgegen, noch bevor sie überhaupt »Hallo« sagt, und wirft ihre Tasche in ihr Schließfach.

Ich: »Wenn du das tust, bist du nicht besser als Bacon Junior, den du als Mistkerl bezeichnet hast, wenn ich dich daran erinnern darf!«

Kat: »Das sage ich doch nur so! Aber ich werde sie verstoßen! Vom heutigen Tag an ist sie nicht mehr meine Schwester!«

Ich: »Was hat sie denn so Schlimmes getan?«

Kat: »Sie hat mein *Britney-Spears-Dance-Beat*-Playstation-Spiel rumliegen lassen! Das hat sie mit Absicht gemacht, weil sie wusste, dass Ham kommt! Und er hat es gefunden! Ich habe gesagt, dass das Spiel Julianne gehört, ich habe ihr sogar Zeichen gemacht, damit sie das bestätigt, aber sie hat alles abgestritten! Sie hat gesagt, dass das Spiel mir gehört! Und er hat ihr geglaubt! Und jetzt weiß er ALLES!«

Ich: »Aber das ist doch nicht so schlimm! Er hat dich doch sowieso schon im Jugendzentrum gesehen, und du bist die Beste in *Dance Dance Revolution*.«

Kat: »Das ist nicht das Gleiche!«

Ich: »Was genau ist dein Problem mit Britney Spears?«

Kat: »Ich will nicht, dass er weiß, dass ich sie mal gut fand!«
Ich: »Aber man kann nicht bestreiten, dass sie die besten Lieder für das Spiel hat.«
Kat: »Ja, aber das muss mein *Freund* ja nicht wissen!«
Ich: »Schon klar. Aber falsche Spione mit falschen Gewehren erschießen oder Autorennen in einem Simulator mit einem Plastiklenkrad zu spielen, ist wahnsinnig intellektuell und viel weniger peinlich, oder was?«
Kat: »Hör auf, so sarkastisch zu sein!«
Ich: »Du bewegst dich wenigstens! Du wirst nicht als fette Couch-Potato enden!«
Kat: »Denkst du, wenn ich mich nicht bewege, werde ich als fette Couch-Potato enden?«
Ich: »Das habe ich nicht gesagt!«
Kat: »Denkst du, Ham hält mich für eine fette Couch-Potato?«
Ich: »Vergiss es!«
Kat: »Weißt du, wie ich mich gerächt habe? Ich habe meiner Schwester gesagt, dass ihre blöden Hamster sich gegenseitig aufgefressen haben!«

11:15

Den ganzen Vormittag über muss ich an Julianne denken und wie sie sich jetzt wohl fühlt.
Ich muss mich auf den Unterricht konzentrieren.

Freitag, 16. Dezember

Als meine Mutter erfahren hat, dass heute eine Lehrerfortbildung ist und ich den Nachmittag frei habe, hat sie mir einen Termin bei Ève gemacht, einer Masseurin, zu der sie manchmal geht, wenn sie sehr gestresst ist. Super! Ich habe zu viel Stress! Ich muss einen klaren Kopf kriegen. Und ich hatte noch nie eine Massage, also wird das zumindest eine interessante Erfahrung.

14:05

Als ich in das Massagestudio komme, läuft eine CD mit leiser Musik und den Geräuschen von Wasserfällen und Tierrufen. Echt komisch! Die Frau am Empfang ist eindeutig etwas *zu* entspannt. Sie redet, als wäre sie in Trance oder so. Ich bin nicht wirklich relaxed in Anbetracht der Tatsache, dass ich heute schon Kunst, Mathe und Sport hinter mir habe.

14:13

Im Wartezimmer liegen Zeitschriften, nach dem Motto »Fühl-dich-wohl-in-deinem-Körper«. Aber durch die Musik mit den Wasserfällen habe ich ständig das Gefühl, ich müsste Pipi machen, obwohl ich erst fünf Minuten hier warte und schon zweimal aufs Klo gegangen bin.

14:15
Ève kommt aus ihrem Zimmer und sagt, jetzt sei ich an der Reihe. Ich folge ihr. Sie bittet mich, meine Kleidung auszuziehen und mich auf den Bauch zu legen.
Ich: »Kann ich meine Unterhose anbehalten?«
Ève: »Mach es so, wie du dich wohlfühlst.«
Ich: »Kann ich dann meine ganzen Sachen anbehalten? So würde ich mich am wohlsten fühlen ...«
Ève: »Mach dir keine Sorgen! Du kannst dir einfach das Handtuch umlegen, dann sehe ich gar nichts. Und wenn du dich auf den Rücken drehst, decke ich dich zu. Oder du bleibst einfach auf dem Bauch, wenn dir das für das erste Mal lieber ist.«
Ich: »Ich glaube, das wäre mir lieber.«

14:17
Oh Mann! Diese Musik mit den Wasserfällen ... Echt schwer, nicht die ganze Zeit aufs Klo zu rennen!
Ève kommt wieder und sagt mit leiser Stimme, ich solle mich entspannen. Dann beginnt die Massage. Wie soll man sich bitte bei diesem Wasserfalllärm entspannen?

Zwischen 14:17 und 15:15
(Mir ist das Zeitgefühl abhandengekommen.)

Gedanken, die mir während der Massage durch den Kopf gehen:
Oh! Oooooooh! Das tut wirklich gut!
Echt viel besser, als wenn Kat mich massiert!

Ich frage mich, ob Ham wirklich auf ein anderes Mädchen steht ...?
Ob meine Mutter wirklich einen Freund im Internet finden wird?
Ich frage mich, ob meine Großmutter nicht doch denken würde, dass ich lesbisch bin, wenn sie mich jetzt sehen könnte, wie ich, quasi nackt, von einer Frau massiert werde.
Hahaha! Nein, wirklich nicht!
Oh! Ich muss aufs Klo!
Was soll bloß diese blöde Wasserfallmusik?
Man könnte meinen, man ist im Dschungel.
Tarzan in dem Disneyfilm ist ja eigentlich ganz süß. Ein bisschen zu alt für mich, aber süß.
Komischerweise hat er überhaupt keine Haare am Körper. Nicht mal einen Bart. Er ist bei Gorillas aufgewachsen und ... rasiert sich?
Metrosexuelle Gorillas! Hahaha!
Hihihi! Die Massage kitzelt!
Madagaskar ist auch ein guter Dschungelfilm.
Die Pinguine sind echt lustig!
Die Lemuren auch!
Häh? Woher weiß ich, dass die Lemuren heißen? Sagen die das im Film?
Ich muss es in der Schule gelernt haben ... oder im Zoo?
Wird durch die Massage wirklich mein Gehirn stimuliert?
Oh! So eine Massage tut wirklich gut! Ich kriege richtig Gänsehaut!

Es ist so lustig, wenn der Lemurenkönig anfängt zu singen:
»I like to move it move it. Momonoko Amananodjo! Nanananananana Fitzikali-feta Fitzikali-feta, I like to move it move it! Ping ping ping pi pi ping pi pi pi pi pi ping.«
Normalerweise mag ich so eine Art Musik nicht wirklich (uralter *Dancefloor*), aber in dem Film ist sie cool.
Sehr viel cooler als das, was ich in diesem Moment höre: Eine Panflöte im Urwald. Kotz!
Wer nimmt schon seine Panflöte mit in den Urwald?
Oh ... na gut, man kann sich vor Ort eine basteln ... mit Bambusholz.
Madagaskar ist echt witzig!
Das einzig Blöde ist, dass der Löwe ... wie heißt der noch mal? Ach ja! Alex! Dass der anfängt, Fische zu essen, um seine Freunde zu schützen, aber in *Findet Nemo* will man nicht, dass die Fische gegessen werden. Wenn man *Madagaskar* guckt, ist man froh, dass Alex Fische frisst, aber wenn man sehen würde, wie Alex, sagen wir mal, Nemo frisst, wäre man traurig.
Oh, ich fühle mich sooooooooooooooo entspannt!
Ich frage mich, warum »z« in Comics bedeutet, dass jemand schläft. Wenn jemand schnarcht, klingt es doch eher wie »chrrr«, oder?
Und manchmal lachen die Comic-Helden so: »Hirk! Hirk! Hirk!« Das kommt doch wohl eher selten vor, dass man so lacht »Hirk! Hirk! Hirk!« Meistens ist es eher »Hi! Hi! Hi!« oder »Ha! Ha! Ha!« oder, wenn man der Weihnachtsmann ist, »Ho! Ho! Ho!«

Ich frage mich, ob es stimmt, dass Nicolas in mich verliebt ist …
Hahaha! Das war echt lustig neulich, als Kat und ich uns einen Ameisenregen vorgestellt haben.
Wenn es dazu kommen sollte, dann wäre das wirklich der Weltuntergang!
Ich spreche vom Ameisenregen und nicht von Nicolas.
Nicht dass ich unbedingt will, dass er in mich verliebt ist, aber … wenn das der Fall wäre, wäre es nicht *unbedingt* ein Weltuntergang.
Ich frage mich wirklich, was ich meiner Mutter zu Weihnachten schenken soll.
Die »Zzzz« – vielleicht kommt das von jemandem, der mit den Zähnen knirscht???
Nein, ich probiere es gerade aus, und das Geräusch ist eher »Schhhll«.

15:16
(eine Minute, bevor die Stunde wirklich rum wäre)
Ève holt mich aus meinen Gedanken, als sie sagt:
»Lass dir fünf Minuten Zeit, um dich zu entspannen, zieh dich langsam an und komm dann zu mir an den Empfang.«
Sobald sie draußen ist, ziehe ich mich an und renne aufs Klo.

15:20
Ich gehe zum Empfang. Ève gibt mir eine Quittung für meine Mutter. Bevor ich gehe, fragt sie: »Konntest du

dich entspannen?« Ich sage Ja, auch wenn das nicht wirklich das richtige Wort ist, um meine Erfahrung zu beschreiben. Schließlich musste ich an hundert Millionen Sachen denken, um wegen der (für meinen Geschmack schnulzigen) Plätscher-Musik nicht aufs Klo zu müssen.

Erkenntnis:
Eine gute Methode, sein Gehirn zu trainieren, ist, aufs Klo zu müssen, weil das einen dazu zwingt, an eine Millionen Sachen zu denken! Ich glaube übrigens, ich habe eine gute Idee für meine Französischaufgabe (das hat jetzt nichts mit Pipimachen zu tun!).

Samstag, 17. Dezember

Heute Morgen bin ich wirklich gut gelaunt aufgewacht! Ich weiß nicht, ob das die Nachwirkung der Massage ist, aber es hat so gutgetan, dass ich zu meiner Mutter ins Bett gesprungen bin, um mich zu bedanken. Ich glaube, ich werde ihr eine hässliche Lampe kaufen, die Duft verteilt, der nach Weihnachten riecht, weil sie das so mag. Ich glaube, sie wird sich darüber freuen. Neulich habe ich in einem Schaufenster eine schöne Lampe gesehen (schön nach den Kriterien meiner Mutter, nach meinen sicherlich nicht!), die auch nicht zu teuer ist!

13:20

Ich war gerade in meine Französischaufgabe vertieft, als Kat mich hyperpanisch anrief.
Kat: »Am, du musst sofort zu mir kommen!«
Ich: »Ich kann nicht! Ich arbeite!«
Kat: »Du musst wirklich kommen! Es ist ein Notfall! Ich würde nicht darauf bestehen, wenn es nicht um Leben und Tod ginge!«
Ich: »O.k., ich komme.«
Kat: »Bring deinen Badeanzug mit!«

13:30

Scheiße! Wo ist mein Badeanzug? »Mamaaaaaaaaaaaaaaaaaaa?«

13:45

Meine Mutter hat mich zu Kat gefahren, da ich ihr gesagt habe, dass es sich um einen Notfall handelt. Als ich ankam, machte Julianne mir auf. Sie sagte, dass Kat in ihrem Zimmer sei. Ich bin zu Kat gegangen, die ihren Kopf vollständig in ein Handtuch gewickelt hatte. Ich sah nur ihre Augen.
Ich: »Kat!!!!!!! Was ist mit dir passiert?«
Kat: »Es ist schrecklich! Es ist schrecklich!«
Ich: »Was denn? Zeig mal!«
Kat: »Ich kann es dir nicht zeigen, es ist zu schrecklich!«

Ich: »Hat dir jemand das Gesicht zerkratzt?« (Ich drehe mich zu Julianne) »Warst du das? Ich weiß, dass ihr euch gestritten habt, aber ... so schlimm?«
Julianne: »Hahaha! Ich war das nicht!«
Ich: »Lach nicht, das ist nicht lustig! Wer war es dann? Sollen wir die Polizei rufen?«
Julianne: »Doch, und wie lustig das ist!«

13:50

Kat hat das Handtuch vom Gesicht genommen. Ich hatte Angst, sie ganz entstellt zu sehen und habe mir ein bisschen die Augen zugehalten, aber als das Handtuch weg war, sah ich, dass sie ganz ... orange war. Mit braunen Sprenkeln.
Ich: »Was ist denn mit dir passiert?«
Julianne: »Sie hat den Selbstbräuner unserer Mutter geklaut und viel zu viel genommen! Ha! Ha! Ha! Ha! Meine Schwester ist echt bescheuert!!!«

14:01

Kat hat mir erzählt, dass sie gestern den freien Nachmittag dazu genutzt hat, in den Kosmetikartikeln ihrer Mutter zu stöbern. Auf der Suche nach einem Mittel, mit dem sie Ham verführen könnte, den sie auf einmal so distanziert findet. »Ganz anders als am Anfang«, waren ihre Worte. Vorbei die Werbeveranstaltungen, um den Ham anzupreisen!
Sie hat den Selbstbräuner gefunden und gedacht, dass ein leicht gebräunter Teint genau das Richtige wäre! Aber

sie hat zu viel genommen und ihn nicht gleichmäßig verteilt, wodurch die orange Farbe und die braunen Flecken entstanden sind.
Das Problem ist, dass sie die Creme ... auf dem ganzen Körper aufgetragen hat! Sie hat mir ihre Handflächen gezeigt, die sie nach der Anwendung nicht gewaschen hat und die ebenfalls orange geworden sind. Julianne lachte wie verrückt. Kat hat mich angerufen, weil ich ihr helfen soll, das Zeug wieder abzubekommen, bevor ihre Eltern nach Hause kommen. Ihr Vater ist bei einem Kongress und ihre Mutter ist gestern Abend spät nach Hause gekommen und heute Morgen früh in die Stadt gegangen, um Weihnachtsgeschenke zu kaufen. Kat hat Julianne, die sie verpetzen wollte, das Versprechen abgerungen, nichts zu verraten. Der Preis? Kat übernimmt eine Woche lang Juliannes Aufgaben im Haushalt.

14:15

Kat und ich sind im Bad (deswegen sollte ich meinen Badeanzug mitbringen). Ich schrubbe ihr den Rücken, aber das Zeug geht kaum ab. Wir haben den Massagehandschuh ihrer Mutter genommen und ich schrubbe mit aller Kraft.
Ich: »Wie hast du es überhaupt geschafft, dir den Rücken einzuschmieren?«
Kat: »Ich habe die Creme auf ein Handtuch gemacht und dann ... also, ich hatte meine Technik.«
Ich: »Fiese Technik! Hey, ich glaube, es geht ein bisschen ab.«

Kat: »Super! Mach weiter!«
Ich: »In diesem Bad ist so viel Selbstbräuner, dass ich Angst habe, selber ganz fleckig zu werden!«
Kat: »Ach was! Red keinen Unsinn!«
Ich: »Mann, das Zeug stinkt!«
Kat: »Ich wollte doch nur meinen *Freund* zurückerobern.«
Ich: »Indem du wie eine Überdosis Beta Carotin wirkst?«
Kat: »Haha. Sehr lustig. Seit der Britney-Spears-Geschichte ist er ... nicht mehr wie früher. Ich bin sicher, dass er mich blöd findet. Na los, *schrubb*!«
Ich: »Ich schrubbe doch! Ich schrubbe! Kat, findest du nicht, dass du ... übertreibst?«
Kat: »Nein! Je mehr man schrubbt, desto mehr geht ab, und desto weniger wird meine Mutter mit mir schimpfen!«
Ich: »Nein, ich meine ... in Bezug auf Ham.«
Kat: »Was meinst du?«
Ich: »Du sagst ihm nicht, was du wirklich denkst, du wartest immer auf ihn und wir sind schon seit einer Ewigkeit nicht mehr zusammen ins Jugendzentrum gegangen!«
Kat: »Hmm ... ich habe gedacht, so ist das halt mit der Liebe ... Meine Mutter sagt mir immer, dass sie mit meinem Vater Kompromisse macht.«
Ich: »Na siehst du!«
Kat: »Aber ich liebe ihn, Amélie. Er ist meine erste große Liebe!«
Ich: »Ich dachte, deine große Liebe wäre David Desrosiers von Simple Plan.«

Kat: »Ach was, den liebe ich als Künstler, aber das ist doch was anderes!«
Ich: »Du hast gesagt, du würdest ihn eines Tages heiraten!«
Kat: »Ich bin jetzt ... erwachsener. Ach, hast du übrigens ihr neues Video gesehen? Total blöd!«
Ich: »Ich meine nur, dass du es nicht übertreiben solltest.«
Kat: »Pah, ich gucke MTV, so viel ich will!«
Ich: »Ich meine ... mit Ham.«
Kat: »Du hast gut reden, Miss ›Ich-gehe-auf-eine-Mädchenschule-damit-mich-die-Jungs-in-Ruhe-lassen!‹«
Ich: »Nicht nur deswegen. Für eine bessere Ausbildung.«
Kat: »Pff! *Bullshit!* Ich kenne deine Geschichte, Miss ›Ich-tue-so-als-würde-ich-nicht-auf-Nicolas-stehen-damit-ich-keine-echten-Gefühle-haben-muss‹!«
Ich: »Häh? Was soll das denn heißen?«
Kat: »Das stimmt! Ich weiß, dass du in deinem Leben eine schlimme Erfahrung gemacht hast – viel schlimmer als den Tod eines Goldfischs –, aber du verkriechst dich, du hast Angst, irgendein Gefühl zu erleben! Und ich bin sicher, dass das nicht gut ... für deine Gesundheit ist!«
Ich: »Hmm ... meinst du? Übrigens ... arbeitest du zufällig ehrenamtlich bei *Wir hören zu?*«
Kat: »Nein, warum? Hast du da angerufen?«
Ich: »Äh ... ja. Und die Frau hat gesagt ...«
Kat: »Ich auch!!! Und die Frau hat gesagt, ich solle meinem Freund vertrauen und versuchen, mehr Dinge für

mich zu tun, dann würde das auch auf ihn verführerisch wirken. Also habe ich gedacht: Ich creme MICH mit Selbstbräuner ein, dann wird das auf IHN verführerisch wirken.«

Ich: »Oh mein Gott! Ich glaube, sie wollte sagen, dass du unabhängiger sein solltest!«

Kat: »Du hast recht, Am! Ich bin so ein Waschlappen geworden! Was ist bloß mit mir los?«

Ich (während ich das Schrubben unterbreche): »Kat ... du bist meine beste Freundin, weil du das genialste Mädchen der Welt bist! Wenn Ham das nicht ohne Selbstbräuner kapiert, ist er einfach blöd, ganz egal, wie viel er über Musik oder Filme oder sonst was weiß!«

Kat: »Du bist auch meine beste Freundin, weil du das genialste Mädchen der Welt bist ... aber hör auf keinen Fall auf zu schrubben!«

Julianne, die anscheinend die ganze Zeit an der Tür gelauscht hatte, fing an zu singen: »*The power of lo-ho-ve ...*« Kat drohte ihr, uns bloß in Frieden zu lassen. Dann haben wir das Bad verlassen und Julianne mit dem Selbstbräuner verfolgt. Am Ende waren wir alle drei in der Badewanne und haben uns gegenseitig abgeschrubbt.

20:00

Kat hat mich angerufen, um mir zu sagen, dass ihre Mutter lediglich bemerkt hätte, dass sie ein bisschen rot ist. Kat hat ihr gesagt, sie habe ein neues Mittel gegen Pickel ausprobiert. Sie hat die leere Tube Selbstbräuner durch eine neue ersetzt (die sechzig Dollar gekostet hat!!!). Und

ihre Mutter hat nichts gemerkt. Aber jetzt hat Kat kein Geld mehr für Weihnachtsgeschenke. Deshalb hat sie beschlossen, selbst welche zu basteln. Sie hat »Weihnachtsgeschenke selber basteln« bei Google eingegeben und jede Menge Ideen gefunden.
Das einzige Problem ist ihr rotes Gesicht. Wir haben wirklich sehr fest geschrubbt, sodass sie jetzt wie ein Hummer aussieht. Sie hat das Gefühl, sie sei für den Rest ihres Lebens entstellt!

Sonntag, 18. Dezember

Intensives Lernen im Hinblick auf die Prüfungswoche vor den Ferien. Keine Zeit aufzuschreiben, was in meinem Leben passiert. Übrigens passiert auch nicht besonders viel, weil ich die ganze Zeit lerne.

Montag, 19. Dezember

Der erste Tag der Prüfungswoche (noch fünf Tage bis zu den Ferien!!!).

Kat hat immer noch ein rotes Gesicht. Das macht sie so fertig, dass sie ihrer Mutter alles gebeichtet hat! Sie hat ihr das mit der Tube Selbstbräuner erzählt (wodurch der »Putzdeal« mit ihrer Schwester hinfällig wurde). Angeblich hat sich ihre Mutter kaputtgelacht! Sie hatte sich schon gewundert, bevor Kat ihr das Ganze gebeichtet hat, warum die Tube noch so voll war. Kat ist echt traurig. Ihre Mutter hat gesagt, sie solle sich keine Sorgen machen, aber ich glaube, Kat erlebt gerade einen wahren Gefühlscocktail: Stress in der Schule, in Sachen Aussehen und in der Liebe.

Dritter Prüfungstag (noch drei Tage bis zu den Ferien!!!). Vor der Französischprüfung hat Madame Claude uns gebeten, die Aufgabe einzureichen, die sie uns aufgegeben hatte. Ich habe ihr unsicher mein Blatt überreicht. Dann bin ich wieder auf meinen Platz gegangen und habe Däumchen gedreht, bis ich meinen Prüfungsbogen bekam. Nadine teilte sie aus.

Französischaufgabe
Eingereicht bei Madame Claude
Von Amélie Laflamme

Gedicht
Rettung in letzter Sekunde
Eine dreibeinige Ameise kleiner Gestalt
Vom feinen Kreise eisig kalt
Behandelt, weilte einige Zeit
Vom Kleinodspeicher gar nicht weit.

Hei, gleißt ein Blitz in den Speicher rein!
Reißt einige Teile gleich entzwein
Von reichen Seidenschneiderlein
Und weit'ren Reichtumsgeierein.

Ein seitgeneigter Eichenzweig
Ergreift sie wie am Seilbahnsteig,
Pfeift sie eilig mitten rein
Beim feinen Seidenkleidverein.

Kreischend schreit sie: »Eiderdaus!
Treibt Leitern bei, gleich brennt das Haus!«
Und dank der Ameise Schneid gedeiht,
Kein einzig Kleinod vermaledeit.

Die dreisten Geiermeisen zeihen
Einander peinlichster Eitelkeit
Und preisen weit in ihren Reihen
Die kleine Ameis' als reichlich gescheit.

Nach der Prüfung bat mich Madame Claude in ihr Büro. Ich zitterte vor Angst, denn ich glaubte, dass mir eine ähnliche Predigt bevorstand wie nach meinem Referat und sie mir ankündigen würde, ich müsste nach den Weihnachtsferien den Kurs wechseln. Ich stand vor ihr und knabberte mir die Nägel, bis es blutete.
Madame Claude: »Das ist ein sehr gutes Gedicht, Amélie ... Hat dir jemand dabei geholfen?«
Ich: »Ähm ... meine Mutter hat die Worte ›Schneid‹ und ›zeihen‹ gefunden.«

Madame Claude hat gesagt, dass sie sich »peinlichst« geirrt hätte (eine Anspielung auf mein Gedicht!!!!), dass sie mir gratuliere, und dass mein Gedicht, welches das beste

der Klasse sei ... FÜR DEN REST DES JAHRES AM SCHWARZEN BRETT HÄNGEN WÜRDE!!!! Sie hat hinzugefügt, dass ich Punktabzug bekommen würde, weil im Titel kein »ei« vorkam, aber wenn ich sofort einen neuen Titel fände, würde sie keinen Punkt abziehen. Ich habe wie aus der Pistole geschossen erwidert: »Ameisen-Scherereien!« (Wenigstens einmal reagierte mein Gehirn rechtzeitig!), und sie hat gesagt: »1+«!
JUHUUUUUUUUUUUUU!!!!!!!!!!!!!!!

18:00

Ich habe Kat erzählt, was mir im Französischunterricht passiert ist. Sie sagte, um mich aufzuziehen, ich sei eine Streberin geworden! Das hat mich überhaupt nicht gestört, weil ich mich so gefreut habe! Kat geht es übrigens besser. Ihr Gesicht ist nicht mehr ganz so rot, und sie hat die Hoffnung, dass es irgendwann wieder normal wird. Wenn sie jemand fragt, warum sie so rot ist, erwidert sie, das läge daran, dass es immer kälter wird (O-Ton Kat: »Pah! Na, weil's arschkalt ist!).

20:00

Ich glaube jetzt, dass Menschen fliegen können! Ich hatte den ganzen Rest des Tages das Gefühl zu schweben! (Nicht weil Kat doch nicht für den Rest ihres Lebens als Hummer herumlaufen muss, sondern weil ich eine 1+ auf mein Gedicht bekommen habe!)

Freitag, 23. Dezember

Juhuuuuuuuuuuuu! Ferien!!!!!!!!!!!!!
Nach meiner letzten Prüfung bin ich in die Stadt gegangen und habe meiner Mutter die Lampe gekauft. Dann wollte ich mich ein letztes Mal von Sybil verabschieden. Meine Mutter wird ihre Meinung nicht ändern. Obwohl ich in letzter Zeit mehr geputzt und bessere Noten bekommen habe! Ich habe sogar vor dem Spiegel einen sehr überzeugenden Überredungs-Blick geübt (ich selbst hätte mir nicht widerstehen können!), aber sie hat Nein gesagt, offiziell und endgültig.

15:30

Ich liebe das Geräusch, das meine Schritte im Schnee machen: »Krunsch, krunsch, krunsch.« Vor allem in pappigem Schnee. Mein Vater nannte das »Schneemann-Schnee«. Heute schneit es in großen Flocken, die auf den Bäumen liegen bleiben. Das ist so schön! Oft überfriert das am nächsten Tag, und das ist genauso schön!

16:00

Sobald ich in der Zoohandlung bin, steuere ich auf den Käfig mit den Kätzchen zu. Als ich bei den Hamstern vorbeikomme, stelle ich fest, dass Buffy nicht mehr da ist.

Ich frage mich, ob er gekauft oder gefressen wurde. Ich habe mich schon richtig daran gewöhnt, hierherzukommen und die bellenden Hunde, die zwitschernden Vögel und den fluchenden Bono zu hören.

16:09

Ich stehe vor dem Käfig und sehe die Katzenmutter. Sie ist ganz allein. Sybil? Wo ist Sybil? Meine kleine Sybil! Ich laufe ein paar Schritte in unterschiedliche Richtungen auf der Suche nach Ich-weiß-nicht-was. Ich habe das Gefühl, dass mir die Luft wegbleibt. Wo ist ein Verkäufer? Nicolas? Ich will wissen, wo Sybil ist! Plötzlich nehme ich es meiner Mutter sehr übel, dass sie mir nicht erlaubt hat, ein Kätzchen zu haben. Ich denke daran, wie Sybil an meinem Finger geknabbert hat. Ich habe Tränen in den Augen, als ich mit Nicolas zusammenstoße.

Nicolas: »Amélie! Was machst du denn hier?«
Ich: »Wo sind die Kätzchen? Wo ist Sybil?«
Nicolas: »Die Kätzchen sind alle verkauft worden. Tut mir leid ...«
Ich höre Bono kreischen: »Hallo! Hallo!«, und schreie: »Schnauze!« Dann renne ich zum Ausgang, den Tränen nahe. Bonos Kreischen hallt mir in den Ohren, während ich davonstürze: »Die wär'n wir los! Die wär'n wir los!«

18:00

Daheim bin ich sofort in mein Zimmer gerannt. 1) wollte ich nicht, dass meine Mutter die hässliche stinkende

Lampe sieht und 2) wollte ich darüber nachdenken, was gerade passiert war. Ich habe die Lampe auf meine Kommode gestellt. Ich würde sie morgen einpacken. Dann habe ich mich auf mein Bett gelegt, auf den Rücken, die Hände unterm Kopf.

Noch einmal von vorne: Ich bin aus der Zoohandlung gerannt (nahezu in Tränen aufgelöst: wie ein Baby!). Aber (Überraschung!) Nicolas ist mir gefolgt. Und hat mir ein Taschentuch gegeben (süß). Er hatte seine Schürze an, sein Mantel stand offen und er trug nicht mal einen Schal (vielleicht bekommt er jetzt eine Grippe, aber das ist seine Sache). Als er mich einholte, streckte er die Hand nach meinem Arm aus und hielt mich fest.

Er: »Das passiert mir auch manchmal, dass ich mein Herz verliere. Aber ich bin daran gewöhnt, ich erlebe jeden Tag, wie sie verschwinden.«

Ich: »Wovon redest du?«

Er: »Von Sybil.«

Ich: »Ach so. Ich hätte mich gerne von ihr verabschiedet ...«

Er: »Stell dir mal vor, mein Onkel müsste sich von Bono trennen. Er erhöht den Preis jede Woche, damit er ihn bloß nicht verkaufen muss.«

Ich: »Ich verstehe ihn ... Na dann, danke für das Taschentuch. Fröhliche Weihnachten!«

Er: »Warte ... Amélie. Ich ... ich würde mich gerne entschuldigen.«

Ich: »Was? Warum?«

Er: »Immer, wenn wir uns sehen, verhalte ich mich total

blöd, und gerade hast du zu mir ›Schnauze!‹ gesagt und ich glaube, dass ...«
Ich: »Ich habe ›Schnauze‹ zu Bono gesagt!«
Er: »Ach so ... Aber du gehst mir immer aus dem Weg und ...«
Ich: »Ich gehe dir aus dem Weg, weil ich mich andauernd blamiere.«
Er: »Du? Du blamierst dich?«
Ich: »Ich habe eine Freundin, die einen Tampon als Flöte bezeichnet, ich verspreche mich, ich verkleide mich als Superhelden-Transvestit, ich ersticke an meiner eigenen Spucke, ich friere mein Gehirn mit *Slush* ein, ich stecke in einem Sitzsack fest und ...«
Er: »Ich finde, du bist ... außergewöhnlich.«
Ich: »Ja ... im Sinne von außerirdisch.«
Er: »Nein, im Sinne von ... anders als alle anderen. Im Sinne von außergewöhnlich ... für mich.«
Er stand einen Augenblick ganz still vor mir und ich sah den Schnee auf ihn niederfallen. In der Dunkelheit verbreitete die Straßenlaterne einen leicht rötlichen Schein. Und jetzt wurde es interessant! Er nahm meine Hand und sagte:
»Stört es dich, wenn ich das mache?«
Ich antwortete (während ich spürte, dass meine Beine zitterten):
»Nein ...«
Er ist noch ein bisschen näher gekommen und fragte:
»Und wenn ich das mache?«
Ich erwiderte (während ich spürte, wie mein Puls raste):

»Nein ...«
Er drückte seine Nase auf meine Nase und raunte:
»Und stört es dich, wenn ich das mache?«
Das war das erste Mal, dass ich seinen Duft nach gutem Weichspüler und Melonenkaugummi von so nahe roch.
Er hat mich auf die Wange geküsst und gefragt:
»Stört es dich, wenn ich das mache?«
Ich murmelte (während ich mir überlegte, dass ich ihn eher nicht wegen sexueller Belästigung anzeigen würde):
»Nein ...«
Und dann haben wir uns geküsst. (Uuuuuuuuuuuuuh!)
Mein Herz machte bumm, bumm, bumm. Vielleicht auch ein bisschen bumm-pi-tumm, bumm-pi-tumm. Ich habe mich ehrlich gesagt nicht sehr darauf konzentriert. Ich weiß nur, dass es echt zu schnell ging!!!

(Vermerk an mich selbst: Überprüfen, ob ich eine Herzkrankheit habe, die mich kussunfähig machen könnte.)

Meine ersten Eindrücke von meinem ersten Zungenkuss:
(Im Hintergrund nur leise Schmatzgeräusche, denn wenn man selber Teil der Aktion ist, hört man sie weniger.)
1) Super! (wenn ich weitere Wörter mit »S« sammeln müsste, würden sich »Seufz« und »sensationell« anbieten. Aaaaaaaaah!)
2) Magisch! (Die Szenerie war perfekt, unter dem fallenden Schnee, in der Nähe einer Straßenlaterne ... einfach magisch!)

3) Nicht kitschig! (Wenn mir jemand diese Szene erzählt hätte, hätte ich das wirklich kitschig gefunden! Aber als Teil des Geschehens finde ich, dass ich mir niemals einen schöneren ersten Kuss hätte erträumen können. Echt viel cooler als mit meinem eigenen Arm oder mit Daniel Radcliffe in 2D.)
4) Wow! (Hihihi! Das ist ein Palindrom! Cool!!!!)
5) Schubiduba! (Ich weiß, das ist kein Wort, aber ich finde kein anderes, um meine Erfahrung zu beschreiben. Die ist zu stark!!!!)

Noch verbessern:

1) Mein Herzschlag (Sollte ich wirklich eine Krankheit haben, die mich kussunfähig macht, wäre das DIE KATASTROPHE!).
2) Das Zittern meiner Beine in Stresssituationen kontrollieren (gilt für Referate wie für Küsse). Außerdem die Wechselwirkung zwischen Mund und Beinen aufklären.

21:30

Meine Mutter ist in mein Zimmer gekommen, um mir gute Nacht zu sagen. Als sie reinkam, habe ich mich auf die Lampe gestürzt, um sie zu verstecken. Ob sie wohl was gemerkt hat (nicht nur, was das Geschenk betrifft, sondern auch, dass ich geknutscht habe)? Sie hat vorgeschlagen, ich sollte nicht mehr zu lange meine Mangas lesen und mir zugezwinkert. (Ich bin sicher, sie weiß es!)

Samstag, 24. Dezember

Santa Claus is coming to town!
You bettawottscha You bettawottscha You bettawottcha Eimatellingjuwa
Santa Claus is coming toniiiiiiiiiiight!

9:00
Kat hat mich angerufen, bevor sie zu ihren Großeltern gefahren ist, um mir »Fröhliche Weihnachten!« zu wünschen. Ihr Gesicht ist wieder völlig normal. Ham hat sie angerufen, um ihr »Fröhliche Weihnachten« zu wünschen, und sie ist zufrieden. Ich habe ihr nichts von Nicolas erzählt. Ich warte, bis sie wieder da ist.

9:30
Wow! Die Bäume sind mit Eis bedeckt, wie ich es vorhergesagt habe! Meine Mutter hat sich noch mal über die Entscheidung gefreut, zu zweit zu feiern, weil die Straßen gefährlich glatt sind (mir egal! Ich habe geknutscht! Hihihi!).

18:30
Meine Mutter und ich haben Fondue gegessen. Wow! Total cool!

19:00

Meine Mutter hatte alle Geschenke unter den Baum gelegt. Ich hatte schon fünf neue Mangas und eine echt stylische Hose ausgepackt, als sie mir einen Umschlag in die Hand drückte. Ich öffnete ihn und las:

Meine liebe wunderbare große Tochter,

am heutigen Weihnachtstag möchte ich dir sagen, wie stolz ich auf dich bin! Ich weiß vielleicht nicht immer, wie ich es dir zeigen soll, aber ich sehe dich größer werden und ich weiß, dass du es weit bringen wirst.

Du hast es wahrscheinlich nicht immer leicht mit mir und ich schaffe es auch nicht immer, die richtigen Dinge im richtigen Augenblick zu sagen. Aber ich möchte, dass du weißt, dass ich immer für dich da sein werde. Und dass du mit mir über alles reden kannst. Es tut mir leid, dass du das Gegenteil geglaubt hast.

Es stimmt, dass ich eine schwierige Zeit durchgemacht habe und dass ich nicht wusste, wie ich für dich stark sein sollte. Ich muss dir sehr verletzlich vorgekommen sein.

Es tut mir leid, dass ich es nicht geschafft habe, dich vor meiner Traurigkeit zu beschützen. Und nicht stark genug war, um dir mit deiner zu helfen.

Ich möchte dir sagen, dass dein Vater, wenn er dich heute sehen könnte, stolz auf dich wäre. Ich weiß, dass er auf deiner Seite wäre. Auch wenn wir nicht immer mit allem, was du tust, einverstanden wären, würden wir uns beglückwünschen, jemanden wie dich in die Welt gesetzt zu haben.

Ich will, dass du weißt, dass, egal was ich dir gesagt habe, dein Vater immer bei dir sein wird, in deinem Herzen. Das ist es, woran ich glaube.

Ich habe dich sehr lieb.
Fröhliche Weihnachten!

Mama
xxx

19:36
Ich habe meine Mutter ganz fest in den Arm genommen. Dann habe ich ihr die hässliche Lampe überreicht, die stinkendes Duftöl verbreitet, mit dem passenden stinkenden Öl dazu, und sie hat sich total gefreut! Sie hat gesagt, dass sie die Lampe superschön findet (meine Mutter und ich haben zweifellos nicht den gleichen Geschmack) und dass das Öl suuuuupergut riecht. (Ich hoffe, sie wird die Lampe nicht allzu oft benutzen, denn sie riecht echt furchtbar.)

20:00
Ich weine vor Freude über das allerschönste Weihnachtsgeschenk MEINES GANZEN LEBENS!
Ich war schon sehr gerührt wegen des Briefs, als meine Mutter mir eine große Schachtel mit einer roten Schleife überreichte. Ich habe sie geöffnet und bin aus-ge-flippt! (Ich glaube, Zungenküsse machen einen irgendwie sensibler.) In der Schachtel war ... Sybil!!!!!!!!!!!!!!!!!!!!

Weiß. Mit ihrem kleinen grauen Fleck auf der Stirn und machte »Miauuuu«. Ich habe so gejubelt! Ich habe Sibyl in die Arme genommen und ihr ganz viele Küsschen gegeben. Dann habe ich mich in die Arme meiner Mutter gestürzt. Sie hatte Tränen in den Augen.

Ich: »Heul nicht! Ich schwöre dir, ich werde das Katzenklo putzen! Ich verspreche es! Du wirst es nicht bereuen!«

Meine Mutter: »Ich weiß. Freust du dich?«

Ich: »Ja!!!! So sehr!!!! Wie hast du das gemacht? Woher wusstest du, dass *sie* es war?«

Meine Mutter: »Ich hätte sie fast nicht bekommen!«

Ich: »Warum?«

Meine Mutter: »Ich habe dem Verkäufer gesagt, dass ich dieses Kätzchen will, und er wollte es mir nicht geben.«

Ich: »Nein? Warum nicht?«

Meine Mutter: »Er hat gesagt, sie wäre reserviert.«

Ich: »Häh? Für wen denn?«

Meine Mutter: »Das hat er mir nicht gesagt.«

Ich: »Wie sah er aus? Jung oder dicker Bierbauch?«

Meine Mutter: »Jung ... aber als ich ihm gesagt habe, dass meine Tochter den kleinen Kater ...«

Ich: »Katze!«

Meine Mutter: »... jeden Tag besucht ...«

Ich: »Nicht jeden Tag!«

Meine Mutter: »Willst du die Geschichte hören oder nicht?«

Ich: »Ja! ’tschuldigung ...«

Meine Mutter: »Also, als ich ihm gesagt habe, dass meine

Tochter oft kommt, um die Katze zu besuchen, hat er mich nach dem Namen meiner Tochter gefragt, und als ich ihn ihm genannt habe, hat er sie mir gegeben!«

Ich: »Echt? Roch er nach gutem Weichspüler?«

Meine Mutter: »Hmm ... ist mir nicht aufgefallen. Wieso? Gefällt er dir?«

Ich: »Oooooh Mamaaaaa!« (Ich verkniff mir ein ›Das geht dich gar nichts an!‹, weil es nach diesem Super-Geschenk echt unangebracht gewesen wäre.)

Ich warf die rote Schleife von Sybils Karton nach ihr.

Meine Mutter: »Hab ich recht?«

Ich: »Neeeeeiiiiiin! Ich war wegen Sybil so oft da! Schau mal, sie ist so süüüüüüüß! Mama, danke, danke, danke, daaaanke!!! Ich hab dich lieb, ich hab dich lieb, ich hab dich liiiiiieeeeeb!«

Sybil ist zur Schleife geflitzt und hat sich daraufgestürzt, als wolle sie sie angreifen.

21:00

Gerade lief *Please Come Home for Christmas* im Radio, und zum ersten Mal haben wir nicht den Sender gewechselt. Wir haben Sybil zugeschaut, die mit einer Christbaumkugel spielte und uns kaputtgelacht, so lustig sah das aus!

Lieber Gott, wenn es dich gibt ... äh ... oder falls du vielleicht eine Frau bist, liebe Frau Gott, oder besser gesagt, liebe Göttin, vielen Dank für Sybil! Und ... könntest du meinem Vater bitte »Fröhliche Weihnachten« sagen? Ach ja, und wenn du noch Zeit hast, dann sag ihm bitte auch, dass es mir hier supergut geht!

best friends
4ever

Dank an:

Meine Familie: Gi, Mom, Pa, Jean und Patricia.

Meine Freundinnen und Musen: Mel Robitch, Nath Slight, Mel B., Maude V., Isa Gosselin, Michou, Ju Black, Val Guibo und Emily Jolie.

Michel Brûlé und Ingrid Remazeilles.

Élyse-Andrée Héroux und Geneviève Nadeau.

Annie Talbot und Patricia Juste.

Josée Tellier.

Caroline Allard.

Anne-Marie Lemay, Geneviève und Michel Boulé.

Louis-Thomas Pelletier.

Samuel Larochelle.

Die echte Schwester Rose.

Und alle, die meine Feder geführt haben, ohne es zu wissen.